マルジナリア

Tatsuhiko ShibUSaWa

澁澤龍彦

P+D BOOKS
小学館

目次

I

マルジナリア

カンパーニア

もう二年ばかり前のことになるが、西武美術館で現代ドイツの画家パウル・ヴンダーリッヒの展覧会があったとき、有名なティッシュバインの「カンパーニアにおけるゲーテ」のパロディーともいうべき絵が出品されていたのに、その題名が「戦場にて」と翻訳されているので、失笑を禁じえなかったことがあった。出品作品の題名を翻訳したのは、おおかた美術評論家とか大学教師とか称せられる人間であろうが、物知らずにも程があるではないか、と私はあきれかえったのである。

なるほど、Campagnaは戦場を意味するドイツ語のKampagneと紛らわしい語であるかもしれない。フランス語ならば語頭のKはCになるだろう。しかしイタリア旅行中のゲーテが大きな帽子をかぶり、ゆったりしたマントを羽織り、そのマントの下から白い靴下をはいた右脚を小粋にのぞかせて、ローマ付近の廃墟のなかに長々と寝そべっている絵は、あまりにも有名なのであり、さらにまた、ヴンダーリッヒという画家が好んで古典を下敷とした作品をつくることも、よく知られた事実なのである。

いったい、この阿呆な先生は、この絵のなかの特徴的な人物を見ても、それがゲーテだということに一向に気づかなかったのではあるまいか。そんな疑いすらも湧いてくるのだ。節穴とは、こういう人間の目のことをいうのであろう。

地球の夢精

近ごろ使用頻度がめっきり多くなった、大気汚染とか放射能汚染とかいう場合に用いられる汚染は、英語でもフランス語でもpollutionである。ところで、私のように昔から、或る種の方面の文献に親しんでいるものには、このpollutionはどうしても自瀆あるいは夢精という意味に読める。そっちのほうが第一義的で、頭にぴんとくるのを如何ともしがたいのである。

たとえばプロペルティウスの『エレゲイア』第四巻第九篇第八行にfurto polluit ille Iouem

(かのユピテルを盗みによりて冒瀆せり)とあるように、この語はもともと「汚す」あるいは「冒瀆する」の意味で、ずいぶん広くラテン語では用いられていたようであるが、いつからか、それが或る種の肉体上の意味に限定される場合を生じたらしい。たぶん、そんな用法を創始したのは、カトリックの坊主どものセックス問題にやかましい基準をもうけた、決疑論者と呼ばれる十七世紀のスペインやイタリアの神学者ではなかったろうかと、ひそかに私はにらんでいるのだが、本当のところはよく分らない。

どっちにしても、いわゆる公害、環境汚染なるものは、あれは地球があられもなく夢精しているのではあるまいか、と考えると、なんだか私は妙な気がしてくるのである。

ガラスの頭

人間の固定観念とか妄想とかいうものは、個人的であるとともに、多分に時代的な影響をも受けているものらしい。今日ではほとんど消滅してしまっているのに、十六世紀から十七世紀にかけてのヨーロッパに非常によく見られた病的な妄想の一つに、自分の頭がガラスだと信じこんでしまう妄想があった。もろいガラスだから、うっかりして割ってしまっては一大事というわけで、一挙手一投足を用心ぶかく、そろりそろりと行動するのである。当時のフランスの医者アンブロワズ・パレの本などを読むと、そんな妄想に取り憑かれた男の例がいくつも出てくる。

セルバンテスの『模範小説集』のなかに「びいどろ学士」という卓抜な短篇があるが、これは、こうした時代の病いを扱って見事な効果をおさめた作品だ。マーク・トウェインの『王子と乞食』のなかにも、ガラス妄想にとらわれた人物のエピソードがあったような気がするが、いま私は確認していない。もっとも、このガラス妄想も要するにヨーロッパのもので、まかり間違っても日本には当てはまらないだろう。

コンデ公の妄想

もう一つ、ついでだから妄想の話を書いておきたい。

フランスの名門中の名門、大コンデと呼ばれたブルボン家のルイ二世の息子のアンリ・ジュール・コンデ公は、奇妙な性格の人物として知られていた。或る日、公は自分が植物になったと信じこみ、近習の少年に水をやってくれと命じた。植物だから水が必要なわけである。それにしても、主人の頭から水をぶっかけてよいものだろうか。少年がためらっていると、公はしつこく何度も命令し、ついには激怒して、命令に従わない少年をさんざんに打擲《ちょうちゃく》したという。

また別の日には、公は自分が蝙蝠《こうもり》になったと信じこみ、部屋の壁にぶつかると危険だから、壁にはクッションを張りつめるようにと命じたという。

その晩年には、公は自分が死んだと宣言して、ばったり食事をとらないようになった。死人には食う必要がないと頑固に主張するのである。この主張をひるがえさせるためには、死人にも食う必要があるという証拠を示してやらねばならなかった。すなわち、みずから死んだと称する人物を公の前に連れてきて、その人物に食事をさせたのである。むろん、これは周囲ののが考え出した、苦肉の策である。それで公もようやく納得して、物を食うようになったという。それから日ならずして、公は本当に死んでしまった。

奇妙な死

このアンリ・ジュール・コンデ公の曾孫にあたる人物が、最後のコンデ公といわれたルイ・ブルボンである。この男の奇怪な死にざまには、或る点から見ると、ちょっと日本の阿部定事件を思わせて興味ぶかいものがある。いくつかの資料から私なりに事件を再構成してみよう。

一八三〇年八月二十七日の朝、パリに近いセーヌ・エ・オワーズ県のサン・ルーの城で、主人の寝ている部屋があまりに静かなので、不審の念をおこした召使ルコントが扉をこわして部屋に入ってみると、大きなフランス窓にもたれるような恰好をして、主人はうなだれたまま、じっと動かずに立っていた。ちなみに、この主人ルイ・ブルボンは当時七十四歳の老人であった。

ルコントに呼ばれた医者が近づいてみると、ブルボン公はすでに死んでいた。フランス窓の掛金に結びつけた二枚のハンカチで、首を吊っていたのである。頭を前に傾け、目を閉じ、両手をだらりと垂らしていた。ただ、おかしなことに、両足はちゃんと床につけていた。宙にぶらさがっていたわけではないのである。

新聞は強盗殺人説を報じたが、この説は簡単に否定された。ブルボン公には、十数年前イギリスから連れてきて、自分の家臣であるフシェール男爵と結婚させていた、ソフィーという若い愛人があったが、彼女の証言したところによると、いつもの置き場所に置いてあった宝石箱の中の宝石は一つも無くなっていなかったのである。

それでも他殺か自殺かの問題は残る。フランス王家では、どうしても自殺にしておきたい意向だったらしい。最初の現場検証で「自殺はとても考えられない」と結論した予審判事は、ただちに詰め腹を切らされた。後任者は王家に気兼してか、自殺説を強く匂わすような調書を作製した。

しかし自殺は、少なくとも公ひとりの力では不可能だったのである。なぜかといえば、公は鎖骨を骨折していて、左の腕を高く上げることができなかったからであり、また若いころ参加したベリシュタインの戦闘で、右手の指三本を失っていたからである。フランス窓の掛金に結びつけられていたハンカチは、ひどく複雑な結び目を示していて、器用な指さばきを必要としていた。

即位したばかりのフランス王ルイ・フィリップが、どうしても自殺説を認めたがっていたのは利害関係からだった。彼の息子のひとりシャンボール伯はブルボン公の遺産相続人で、他殺などといった面倒なことなしに公が死ねば、すんなりと莫大な遺産がころがりこむことになっていたのである。

もしも他殺だとすれば、衆目の見るところ、まず疑われてよいのはフシェール男爵夫人ソフィーだったろう。彼女は当時三十五歳、ブルボン公の公然たる愛人で、偽装結婚した夫と離婚してから、公と一緒にサン・ルーの城に住んでいた。生まれは卑しく、その色香によって公を骨抜きにしているという、もっぱらの噂であった。一年前に公は遺言書を作製していたが、そのなかにも彼女の名前は出てきていて、遺産の十パーセントを彼女が受け継ぐことになっていたらしい。

王家の干渉で男爵夫人に対する予審は中断せしめられたが、必ずしも彼女の無実が証明されたというわけではなかった。それどころか、屍体の発見された二十七日の前の晩、彼女が公の部屋へ通じる暗い廊下に立っているのを見たというものもあった。最初の発見者ルコントである。彼は臨終の苦しい息の下で、それまで男爵夫人に言いふくめられて黙秘していたことを初めて告白したのである。

とすると、男爵夫人がそのパトロンを絞殺したということになるのだろうか。それとも彼女のほかに共犯者がいて、ふたりで公の首を締め、自殺に見せかけるために公の屍体をハンカチで窓にぶらさげたのか。いや、どちらも違うようである。サン・ルーの城の召使たちが暗黙のうちに了解していたのは、これが単なる偶然の事故だということだった。

老来、ブルボン公はとみに精力の減退をおぼえていたが、それでも若い愛人の前に、なんとかして愛の証拠を見せたいものとつねづね苦慮していた。海千山千の男爵夫人は、いかにすれば失われた男性機能を回復し、力のない身根を隆々とそそり立てることができるかを熟知していた。事は簡単、首を締めればいいのである。この方法を決然と採用することによって、男爵夫人は公に老後の快楽の夜々を保障してやっていたのである。

私が阿部定事件を思わせるといったのは、この点であって、この事件の当事者たちもまた、情交中に男の首を締めるという方法に、いわば病みつきになっていたのだった。どうやらブルボン公も病みつきになっていたらしい。ただ、こちらは手続きが少し違っていた。フランス窓の掛金に男爵夫人が結びつけてくれたハンカチに、その首を引っかけて、足を床につけたまま、体重をかけてぶらさがるのである。しかるべき時に、男爵夫人がハンカチをゆるめてくれる。この時機を見定めるのがむずかしい。早すぎてもいけないし、遅すぎてもいけない。たぶん八月二十六日の夜には、このハンカチをゆるめる時機が、あまりにも遅かったのにちがいない。そして、それが故意か偶然かは、だれにも断定しえない事柄に属していたのである。

検屍した法医学者の報告書が残っているが、それによると、いま私が述べたような状況は疑いえないことのように思われる。ラテン語の報告書には次のようにある。Princeps enim, ut diximus, erecto membro, sperma ejaculatus, inventus est.

どこに棒を突っこんだか

一六七六年四月二十九日、セヴィニェ夫人はその娘に宛てて、当時の有名な毒殺犯人ブランヴィリエ侯爵夫人の自殺未遂事件について書いている。

「ブランヴィリエ夫人がどんなやり方で死のうとしたか、たぶんクーランジュさんが貴女に話してくださることでしょう。彼女は自分の身体に棒を突っこんだのです！　どこに突っこんだと思いますか。目ではありませんよ、口でもありませんよ、耳でもありませんよ……でも救いの手がただちに差しのべられなかったら、彼女はきっと死んでいたはずです。」

この自殺のやり方によほど強いショックを受けたと見えて、セヴィニェ夫人は同年五月五日の手紙でも、同じことを話題にしている。

「どこもかしこもブランヴィリエ夫人の話で持ち切りです。彼女が自殺のために用いた棒については、コーマルタンさんから驚くべきことを聞きました。つまり、彼のいうところによると、ミトリダテスのような用い方をしたのだそうです。ミトリダテスがどんなふうにして徐々に毒に慣れていったか、貴女は御存じでしょう。これ以上くわしく貴女に説明する必要はありますまい。」

私もまた、セヴィニェ夫人のように、ここでこれ以上くわしく読者に説明する必要はあるまいと考える。ちなみにいえば、ミトリダテスはローマと戦った小アジアのポントス王で、毒物の研究家として有名であり、自分でも毒物を仰いで予防の練習を積み、長いあいだに免疫性体質となっていたという。

鈴をつけた男たち

十六世紀の半ばごろ、インドから東南アジアまでを放浪したポルトガルの詩人ルイス・デ・カモンイスの大叙事詩『ウズ・ルジアダス』の第十歌に、次のような一節がある。岩波書店版の邦訳を借りる。

見よ、アラカン国を。見よ、かのペグーの
国を。ここはむかし怪物が住まい、
女と犬のみにくい交合から
生まれた怪物しか住んでいなかった。
ここの住民たちは隠し所に
鈴をつけているが、それは王妃の
知恵によるもの、この用具の発明で
いまわしき過ちを排したという。

アラカン国は、ビルマのベンガル湾に面した地域にあった王国であり、ペグー国は、その南にあった王国である。いまでもアラカン山脈、ペグー山脈という名が残っている。ここで歌われている「女と犬のみにくい交合から生まれた怪物」というのは、古くマルコ・ポーロの旅行記以来、ベンガル湾のアンガマン島（アンダマン島）に住んでいるとされてきた、犬の頭をした種族のことであろう。細密画にも描かれて、これは私たちにお馴染みのイメージとなっている。

ただ、私がよく分らないのは、この国の住民たちが「隠し所に鈴をつけ」ることによって、いまわしき人獣交合の過ちを排したという点なのである。住民と訳されているが、これはむろん女ではなくて男であろう。私の所持している仏訳本ではles hommesになっている。犬ならばお断わりだが、ちりんちりんと鈴を鳴らしてくる人間の男に対しては、この国の女たちは安心して身をまかせた、というのであろうか。そうとでも考える以外に、この一節の文脈はうまく通らないような気がするのだが、どんなものだろうか。

エリアーデが大著『シャーマニズム』のなかに、次のようなおもしろいことを書いている。訳文は堀一郎による。

「北アジアのひとびとは他界をこの世が逆映《さかうつ》しになったものとして受けとっている。他界のすべてのものは、この世に在るものとまったく同様に存在するが、その関係は逆転しているのである。この世の昼は彼の国の夜である。この世の夏は死者の国では冬である。……冥界では河川の流れが逆で、水源へ向って流れる。すべてこの世の逆映しが死者の世界での正常な位置なのである。だから死者の使用に供するために墓の上に供えられるものは、上下が逆転しているか、壊されているかである。この世において壊れているものは他界では逆に全きものだからである。」

ここで、北アジアのひとびとが考えている他界なるものは、中世のヨーロッパ人が考えたアンティポデスもしくはアンティクトネスの世界、すなわちアンティポデスの世界とそっくりである。私たちの世界とは絶対に交流することがない地球の裏側の世界、すなわちアンティポデスの世界では、なにからなにまで私たちの世界とは正反対のことが行われ、どこからどこまで私たちとは正反対の生きものが棲息していると考えられていた。ちょうど物の影が倒立して水に映るように、私たちの足の裏にぴったり対応して、逆立ちしたアンティポデス人の足の裏がシンメトリックに接しているのだとさえ考えられた。そもそもアンティポデスというのは、足が逆向きをしているものという意味なのである。

無意味な幻想かもしれないが、こういうイメージにつき合わされると、どうしても私が思いおよばざるをえないのは、現代の物理学者が明らかにしたところの、すべての素粒子はその反粒子をもっているという理論だ。反物質の反原子というものは、まだ今日においては一つも発見されていないが、それが存在しえないという理由はまったくないのである。つまり現代人にとっての反物質は、見たことも聞いたこともない世界に棲息すると考えられた、中世人にとってのアンティポデスと等価のものではなかろうかと私は思わざるをえないのである。

十四世紀のパドヴァ大学教授ピエトロ・ダバノが次のように断言しているそうだ。「存在しないものが存在するということを認めたとしても、そこには何ら矛盾はない。というのは、いずれにせよ、それらは信じられないような形でしか存在しないだろうからだ」と。告白しておくならば、こういう種類のパラドックスは、私のもっとも好むところのものである。

蠅が天井にとまっているように、アンティポデス人は地球の裏側に逆立ちしてぶらさがっているのに、どうして下へ落ちないのだろうかという問題があった。これに対するアルベルトゥス・マグヌスの解答は次の通りである。「たぶん磁石が鉄を吸いつけるように、なんらかの力が人間を吸いつけているのであろう」と。

しかしそれよりも、十五世紀の博物学者ハルトマン・シェーデルの解答はもっとおもしろい。いわく、「ひとは彼らが落ちないことに驚いているが、彼らもまた私たちが落ちないことに驚いているであろう。要するに自然は落すことを嫌悪するのだ。火が焔のなかに、水が水のなかに、霊が霊のなかにしか住まないように、地球にしっかりと根を下ろしている全生物は、彼ら自身の住んでいる場所よりほかには住むことができないのだ」と。

バッソンピエール談義

一見したところ幼稚なようでいて、ともすると本質的な問題にふれていることを、しばしば好んで口に出す傾向のある私の友人が、或るとき、こんなことをいった。

「ホーフマンスタールの『バッソンピエール元帥綺譚』はどうしてあんなに好ましいんだろう。どうしてあんなにおれの心を動かすんだろう。こんな小説は、めったにないな。」

疑問それ自体は単純だが、こういう底のふかい疑問にはおいそれと答えられるものではないから、私はしばらく考えてから、次のように自説を述べた。

「あれは女のほうから男を誘いかける話だったね。古いことばでいえば、モーションをかけるというやつさ。もちろん露骨でなく、本人は大真面目なんだが。しかも、あの女は人妻で、夫を愛しているという点が肝心だと思うな。いわば男にとって好ましい理想的タイプの貞淑な人妻が、遊び人であるバッソンピエール元帥にぞっこん惚れてしまう。男の読者ならば、当然、自分をバッソンピエール元帥に擬しつつ物語を読むだろう。貞淑な人妻が、貞淑なイメージのままで情事の一夜を過ごすという、本来ならばありえない矛盾した状況が、自分との関係においてのみ許されるという甘美さ。これだな。この甘美さが、きみの心を動かすんだろう。」

「なるほど。そうかもしれない。だから、その矛盾を解決するには死しかないということになる。」

「そうだ。それがペストだな。」

疫病文学

旧約のヨブ記からはじまって、ルクレティウスの『万象論』の最後の部分、ジロラモ・フラカストロの『シフィリス』、ボッカチオの『デカメロン』の序、デフォーの『疫病流行記』、ポーの『赤死病の仮面』、ユイスマンスの『スヒーダムの聖女リドヴィナ』、リラダンの『ポートランド公爵』(古代のレプラを扱っている)、マルセル・シュオッブの『黄金仮面の王』(これもレプラ)、ルノルマンの『モロッコの春』(天然痘)、ミシェル・レリスの『癲癇』、ジョゼフ・デルテイユの『コレラ』、それにホーフマンスタールの『バッソンピエール元帥綺譚』にいたるまで、あらゆる難病や悪疫をテーマとした作品をあつめて、疫病文学選集というのを作ったらおもしろかろうと夢想したのは、もうかれこれ十年以上も前のことになる。疫病は、とくにロマン主義文学にとって親しいテーマなのである。

病気と文学がいかに密接な関係にあるかを示した評論としては、ごく最近、十九世紀文学全体を梅毒の影のもとにあるものとして捉えた、ヴァルド・ラゾウスキーの注目すべき試論が出たようだ。ただし、私はこれをまだ読んでいない。

次に引用するのはテオフィル・ゴーティエのイタリア通信、『女議長への手紙』のなかの一節である。

「パドヴァには大そう美しい娘が多く、彼女たちは医科大学のために売春旅行にきたわけなのです。ここでは食餌は次のように調製されます。すなわち水銀、コパイバ・バルサム、華澄《ひっちょう》茄《か》、サルサ根、硝酸銀、そのほかシャルル・アルベール流の成分。ここでは鼻が取れないように用心しながら洟をかみます。色事をしても安全であるためには、トタン板製のサックをして交接しなければなりますまい。」

「礼儀正しい見かけにもかかわらず、ローマには、フランソワ一世の時代と同じくらい純粋な、みごとなアメリカ原産の梅毒が蔓延しています。全フランス軍がここでは病気にかかっています。横根は砲弾のように鼠蹊部に炸裂し、淋病の小便は膿とともにほとばしり出、ナヴォーナ広場の噴水と張り合っています。薔薇疹と、雀斑《そばかす》と、コーヒー色の染みと、いぼ状の突起と、角質化した瘤によって、あたかも豹のごとく斑点だらけになった中尉たちの散歩しているすがたが見受けられます。そうかと思うと、大佐クラスから一兵卒までが、陰嚢を侵した恐ろしい淋病によって生じたヘルニアのために、がに股になって歩いているのです。まるでズボンのなかに盗んだものを隠しているかぼちゃ泥棒のようです。」

横に裂けたCON

ゴーティエの『女議長への手紙』は一八五〇年十月十九日、ローマから女議長と渾名されたサバティエ夫人に宛てられた、手紙の形式で書かれた短い戯文で、どこから見てもスカトロジックな猥本としかいいようのないものだ。ピガル広場の近くのフロショ街の自宅にサロンをひらいて文学者連中をあつめ、サロンの常連に見境いなく肉体を提供していた一種のdemi-mondaineサバティエ夫人については、とくにボードレールとの関係から、わが国でもよく知られていよう。

手紙の内容は、ゴーティエと同行者のルイ・ド・コルヌマンが、旅行中のイタリア各地で見聞したり体験したりした、性に関する話題に終始しており、ラブレー風の誇張した表現や法螺話が多いので、旅行記としての資料的な価値はほとんどない。ただもう卑猥なことをずらずらと書きならべて、サバティエ夫人を喜ばそうとしているだけのための文章のように見える。スイスのジュネーヴからヴァレー、ドモドソラ、セストカレンデ、ミラノ、ヴェネツィア、パドヴァ、フィレンツェ、ローマと彼らは旅をつづける。たとえばヴァレーの項に、こんな部分がある。

「ヴァレーでは、私の夢想の女、つまり乳房の三つある女に出会いました。もっとも、その三番目の乳房というのは一種の甲状腺腫で、それだけが固いのでした。私はこのスイスのイシス女神に、彼女が横に裂けた膣の持主であるかどうかを訊《き》いてみる気にはなりませんでした。これこそ私の欲望をそそるシナ風の幻想なんですがね。」

シナや日本の女の膣が横に裂けているという迷信は、十八世紀ぐらいまでかなり広くヨーロッパに流布していた形跡があり、これも前に述べたアンティポデスの思想の反映というべき、エロティックな畸形学の一つだった。つまり、地球の反対側にあるものは、なんでも私たちとは反対の存在様式を示すだろうという思想である。ゴーティエは必ずしもこれを信じていたわけではなく、ただ筆にまかせて与太をとばしているといった感じである。

第二の臀《しり》

もうしばらくゴーティエの与太話につき合ってみよう。ローマの項に、次のような部分がある。

「女たちは並はずれて大きく、美術館の台石から降りてきたようです。彼女たちのがっしりした腹の中には、二十人の子どもが同時に場所を占めることも可能でしょう。その誇らかな乳房をおさえるためには、鉄張りのコルセットが必要でしょう。」

「乳房が爆弾のように大きいので、首切り台の上に首を差しのべることができず、そのために首を切ることもならなかったというベアトリス・チェンチの母の話は、いつも私に奇異な印象をあたえていたものですが、ここへきて完全に理解できるようになりました。それはルーベンスのゆさゆさ揺れる垂れた乳房、動くたびに震えるフランドル風の糊の桶、あるいはヨルダーンスの飲めや歌えの大騒ぎの場面に見られるような、胸の隆起から腹の山を通って恥骨の谷間へと流れ落ちる、あの肉のナイヤガラ瀑布ではないのです。それは前面に支えている二つの半球、胃の上に張りつけた第二の臀、伏せた底のほうから眺めた二つの巨大な壺、人間の肉となったカピトリヌス丘とパラティヌス丘なのです。」

「別の夜、私たちは若い美人を訪れました。彼女は最初のうちやや遠慮していましたが、私たちが警察のスパイでないことが分ると、衣裳をぬいで箍《たが》をはずし、その魅力的な部分をじかに撫でまわすことを許してくれました。彼女の乳房は部屋のなかで爆発し、天井板をぶち抜き、コンドッティ通りにあふれ出し、大通りからヴェネツィア広場にまで氾濫したものです。」

ポリューション再説

前にポリューションについて述べたとき、肉体的な意味でのポリューションなどという用法を創始したのは、カトリックの坊主どものセックス問題にやかましい基準をもうけた、十七世紀の決疑論者あたりではなかったろうかという私なりの疑問を提出しておいたが、近刊の雑誌

「コミュニカシオン」三十五号「西欧における性」特集を見ると、ミシェル・フーコーがえんえんとポリューションについて書いている。この文章は彼の『性の歴史』第三巻からの抜粋らしいから、いずれまとめて読むのを楽しみにしていよう。

くわしくはフーコーの同論文を参照していただくよりほかないが、フーコーは四世紀の修道士カッシアヌスの修道院生活に関する著書『会議』をいちいち引きながら、姦淫に対する貞潔の精神の闘争において、ポリューションの問題が本質的な問題であったことを証明しようとする。ポリューションは単なる禁止の対象ではなく、魂のもっとも奥ふかい襞の中にかくれている意識と無意識の部分を測定することができるので、いわば肉欲の「分析装置」のようなものだった。ただし、フーコーが引用しているカッシアヌスの『会議』にも、ポリューションという用語は直接には使われていないようである。

サルトルと強姦された少女

サルトルの小説作品がプレイヤッド叢書に入ったのは去年のことだが、全体で二千二百ページにおよばんとする厖大な量で、見ただけでもうんざりするような大冊だ。よくまあ、こんなにせっせと書いたものだと思う。それでも、気ままにページをひっくりかえして拾い読みしているのは、収録された未定稿やヴァリアントのなかに、私の興味を惹くに足るものがあるからにほかならない。このたび初めて読めるようになった資料のうち、とりわけ私の興味を惹くのは『嘔吐』のヴァリアントである。いや、はっきりいえば、それだけを読むために私はプレイヤッド叢書を手に入れたようなものなのだ。

サルトルは検閲をおそれて、『嘔吐』のなかの性に関する露骨なイメージを喚起する部分を、不本意ながらも削除したり書き直したりしたらしい。たとえば『嘔吐』のまんなかあたりに、主人公ロカンタンが新聞記事に触発されて、強姦され殺された少女リュシエンヌについての夢想を繰りひろげる部分がある。人文書院版『嘔吐』（白井浩司訳）でいえば、一一七ページの下段四行目「通りすがりに新聞を買う」以下のパラグラフだ。

白井訳の「彼女の肉体は傷つけられた」という部分は、ヴァリアントでは「彼女の陰門は傷つけられた」である。

白井訳の「ズボンの底を探ってみれば灰いろのゴムの一対がきっと発見されるだろう」という部分は、ヴァリアントでは「小さな灰いろの睾丸がきっと発見されるだろう」である。

白井訳の「いまこそ私は……。強姦された女。強姦という血塗れの、しかし柔かい欲望が私をうしろからつかまえる、その欲望は耳のうしろでまったく柔かい」という部分は、ヴァリアントではかなり長くなっている。こころみに私が次に訳出してみよう。

「いまこそ私は……私は勃起する。強姦された女。私は私の性器が突っぱりズボンに擦れるのを感じる。リュシエンヌの腹のなかの赤毛の大魔羅。魔羅は存在する。それは這う。私の魔羅は立っている。私は魔羅のように街路に突っ立っている。私は存在する。なぜか。ただ一本の垂直な魔羅。突っぱる。突き通す。赤毛の魔羅。天に向ってそそり立つ。助けて。擦れる。腹を突き通す。魔羅のなかの血。私の血でふくらんだ、天に向った陰茎。私は欲望する。私は家々のあいだで、陰茎のなかで、天に向ってそそり立った血まみれの欲望だ。強姦という血まみれの柔かい欲望だ。それが陰茎の下で私をつかまえる。陰茎を持ちあげる。指の、耳のうしろの、まったく柔かい欲望。」

句読点なしにつづく変則的な文章なので、はたして正確に訳しえたかどうか、まったく私には自信がない。ただ、こうして曲りなりにも日本語に移し変えてみると、サルトルが懸念したほど、それほど衝撃的で生々しいことばやイメージは、この部分に関するかぎり、どこにも見あたらないような気がする。性器の名称ぐらい、べつにどうということもないではないか。やはり時代の推移のせいで、一九三〇年代には公表をはばかるようなことばやイメージも、今日では、それほど衝撃的で生々しいものではなくなっているのだろうか。

『魔笛』と『テムペスト』

今年の秋、モーリス・ベジャールのひきいるベルギー国立二十世紀バレエ団が三度目の来日をした。私はすでに何度か、その舞台を見ている。映画とともに一躍有名になった「ボレロ」のジョルグ・ドンが、まだ有名になる前、第二回世界バレエ・フェスティヴァル（一九七九年）のために来日して、東京文化会館で「ボレロ」を踊ったときにも私は見ている。このときはまた、マヤ・プリセツカヤがベジャール振付の「イサドラ・ダンカン」を踊ったものだが、これも絶品だったと記憶している。

このたびの公演は「魔笛」および「エロス・タナトス」だったが、そのどちらの舞台にも私は堪能した。批評めいたことを書くのは気が重いからやめるが、近ごろ、ベジャールの舞台ほど見ごたえのあるスペクタクルには、めったにお目にかかったことがないような気がしている。

それで気がついたことを一つ。ほかでもないが、『魔笛』がやはり、キングスリー・エイミスのいう「テムペスト伝説」と同じタイプに属する物語だということだ。このことはすでに指摘したひとがいるかもしれず、またオペラ・ファンにとっては常識かもしれず、そうとすれば私としてはお恥ずかしい次第だが、魔法を使うザラストロ（父のイメージ）が、娘パミーナの愛をかちとろうとする若いタミーノにさまざまな試練を課するところは、『テムペスト』におけるプロスペロー、ミランダ、ファーディナンドの関係にそっくりなのである。『魔笛』では、グレート・マザーとしての夜の女王が悪の相貌をあらわして出現するところが、いわば両者のあいだの唯一の違いであろう。

植物の性

動物と同じように植物にも性があること、花柱は雌性器であり雄蕊は雄性器であること、雌花と雄花との関係は動物における雌と雄との関係に同じであることを、観察と実験によって初めて証明したひとはドイツの植物学者ルドルフ・カメラリウスである。彼の『植物の性についての書簡』がチュービンゲンで刊行されたのは一六九四年だから、もう十七世紀も終りに近いころであり、こんなに近年にいたるまで、植物の性がひとびとに認識されていなかったのかと思うと、ちょっと妙な気がしてくるほどである。

むろん、植物の性に気がついた学者もいることはいた。古くはアリストテレスもプリニウスも気がついていたし、カメラリウスと同じ十七世紀の植物学者のなかでは、ケンブリジ大学のジョン・レイがいる。しかし彼らの観察は総体的でなく、多かれ少なかれ偶然によるところが大きかった。ただ一つの種か、さもなければ数種の植物に観察は限られていたのである。古来、ナツメヤシや棕櫚が性のある植物として注目されていたのは、それらが雌雄異株で、それぞれの花を観察するのに好都合だったからであろう。自然のままでは授精しにくいので、雄花と雌花とを近づけて人工授精をする方法さえ、古代人は知っていたらしい。古代エジプトやバビロンの浅浮彫りに、そのありさまが描かれているという。もっとも、古代人が花の性差をはっきり意識していたかどうかは依然として疑問で、彼らにとっては、土に肥料をほどこすのと同じ感覚だったのではないかとも思われる。

プリニウスは『博物誌』第十三巻第七章で次のように述べている。

「樹をも草をもふくめて、あらゆる地上の植物には両性があると、もっともすぐれた自然の観察者たちが報告している。さしあたり一般的な事実を述べておくだけで十分であろうが、この事実がひときわ顕著に見られるのはナツメヤシにおいてである。雄のナツメヤシは花の咲いた枝をもつが、雌のナツメヤシは花をもたず、ただ穂のある芽を出す。」

「また確認されているところによると、自然の森のなかで、雄から離された雌の棕櫚は自然に受精しなくなる。一本の雄の樹を多数で取りかこむ雌のナツメヤシは、芽のある小枝で雄を愛撫しようと、いっせいに雄のほうへ身をかがめる。雄のほうは葉をまっすぐに立て、その息吹き、その花粉で雌を受粉させようとする。もし雄の樹を切れば、雌のナツメヤシは寡婦になって、もう実を結ばなくなる。これほどまでに性差がはっきりしているので、人間は雌の株に花粉をふりかけてやって、これを受粉させてやる方法を編み出しているくらいである。」

プリニウスから千六百年もたって、カメラリウスがようやく発見した植物の性は、十七世紀のひとびとを驚かせるに十分であったが、このカメラリウスも、当時流行の新学説の影響をまぬがれることはできなかったようだ。すなわち彼は前成説を信奉していたので、卵学説と精虫学説のあいだで、どちらを選ぶべきか迷っていたらしいのである。むろん、植物の世界での話である。これも考えると、ずいぶん妙な気がしはしないだろうか。

鉱物の性

植物に性があるというのは現代人の常識だが、鉱物にまで性があるということになると、これは常識を逸脱していると考えなければならないだろう。十九世紀アメリカの社会改革家、先駆的な女権論者として知られるマーガレット・フラーは、しかし、石榴石《ざくろいし》に性別があることを信じていた。もっとも、これは宝石のシンボリズムだと考えたほうがよいかもしれない。ついでながら、十九世紀の社会改革家やユートピストには、多く神秘主義者がいたということを知っておいても無駄ではあるまい。

雌の石榴石は光を外に放射し、雄の石榴石は光を内にたくわえる。そしてフラー自身も、みずから宣言するところによると、男性の性質をもった生きた石榴石だったのである。だから彼女は非常に親しい友人に手紙を書くときには、きまってその指に雄の石榴石の指環をはめた。あまり親しくない相手に書くときには、時に応じて縞瑪瑙《しまめのう》をはめたり紫水晶をはめたりしたという。

マーガレット・フラーはみずからの男性性を意識していたようだが、必ずしもレスビヤンではなかった。イタリアに赴き、同地の青年オッソリ侯と結婚し、夫とともにイタリアの独立運動に参加してから、一八五〇年、幼児をつれてアメリカへ帰る途中、大西洋上で難船して水死した。享年四十。

ユートピストの結婚

トマス・モアの『ユートピア』では、男女は結婚前に必ず裸になって、お互いの肉体を見せ合わなければならない。これはカムパネラの『太陽の都』でも同じことで、どうやらユートピストと呼ばれる連中には、とりわけて裸になることを好む傾向があるように見受けられる。おそらく今日のヌーディストにまで、この自然愛好ともいうべき傾向はつづいていると見て差支えないであろう。

そのユートピストの元祖たるトマス・モアのことだが、名高いジョン・オーブリーの『名士小伝』におもしろいエピソードが出ているから、ここに紹介しておきたい。

或る朝、まだ早くに、サー・ウィリアム・ロウパーがモアの家にやってきて、お嬢さんのひとりを嫁にほしいと申し出た。モアの娘たちはそのとき、ふたりとも父の部屋の補助ベッドでまだ眠っていた。モアは青年を部屋に迎え入れると、娘たちの掛けている蒲団のはしをつかんで、いきなりぱっと引んむいた。娘たちはシュミーズを腋の下まで捲りあげて、仰向けになって寝ていた。目をさますと、今度はくるりとうつ伏せになって、お臀を見せるのだった。「結構です」とロウパーがいった、「これで両側を拝見しました。」それから娘のひとりのお臀をぽんとたたいて、「貴女にきめました、ぼくの奥さんになるべきひとを。」

大理石の腰掛け

西欧カトリックの性生活の規則を厳密に体系化し成文化した十七世紀の決疑論者のなかでも、いちばん世に名だたる人物がスペインのイエズス会士トマス・サンチェス師であろう。一五五〇年コルドバに生まれ、一六一〇年グラナダに歿している。

その名高いラテン語の著作『聖なる結婚の秘跡に関する研究』三巻（しばしば略して『結婚論』と呼ばれる）の編纂と補筆のために、サンチェス師は一生涯をついやした。この著作はすべての懺悔聴聞僧に向けて書かれたもので、一般人の犯しやすい性に関するあらゆる罪を細大もらさず網羅している。その考証があまりに綿密をきわめ、その例示があまりに詳細にわたっているので、魂の善導のための書であるにもかかわらず、かえって読むものをして、なんともいえない猥褻感を惹起せしめずにはおかないといった種類の書となっている。ポリューションに関する記述も、むろん、ここにはおびただしい。

伝えられるところによると、サンチェス師はいつも頭を熱っぽくするリビドー的な幻影に攻め立てられていたので、飲むものといっては水しか飲まず、胡椒その他の香辛料を摂取することも避けていたという。大理石の腰掛けにすわって書きものをしていたが、からだの熱で大理石があたたまってくると、机をはこんで別のところへ行って、別の大理石の腰掛けにすわったという。

結局、彼が発見した妄想を追いはらう最良の方法は、書きものをしているとき、その足を地上から十センチばかりのところに保っておくことだったという。私には、これがどういうことを意味するのか、どうもよく分らない。

いたるところに中心がある

たとえば中心と周辺といったような、二元的あるいは対極的な構造を考えることを私はあまり好まない。ニーチェが『ツァラトゥストラ』のなかでいったような、「いたるところに中心がある」という考え方こそ、私にとっていちばん好ましい考え方である。永遠のあゆむ道は曲っているのだ。

生物学的ハンディキャップ

一九三五年に創立されたロンドンの安楽死協会「退場《エグジット》」のパンフレット「自己解放のための手引き」に、アーサー・ケストラーが次のような趣旨の序文を寄せているそうだ。すなわち、一般的な意味での死の恐怖と、とくに臨終の際におぼえる死の不安とを混同すべきではない、というのである。人類は誕生の時にも苦痛をおぼえるし、生から死へ移行する時にも不安をおぼえる。それが動物と人類のちがうところで、死とともに自己が存在しなくなるということに、動物は何らの不安をも感じたりはしない。したがって、「安楽死は産科学と同様、人類の生物学的ハンディキャップを乗り越えるための当然の処置である」ということになる。

なるほど、これはいかにもケストラーらしい、おもしろい考え方だなと私は思った。人間の本能がこわれ、その現実適応の能力が失われたというのは心理学者岸田秀氏のつねづね説くところだが、それならば産科医や助産婦のように、人間が死ぬのを技術的に援助してくれるスペシアリストがいてもよさそうだし、そのための麻薬や幻覚剤の用い方も、もっともっと研究されてよいような気がする。そして、それこそが文明の爛熟ではないかという気がする。

去年の春ごろフランスで出版されて、たちまちベストセラーにのしあがり、一部から「自殺をすすめる反社会的出版物」として指弾されるようになった本に、クロード・ギヨンおよびイヴ・ル・ボニエック共著の『自殺、その実行法』というショッキングな著述があり、私も評判に釣られて目を通したが、じつは前に引用した安楽死に関するケストラーの意見は、この本に出ていたのである。

未来社会のタナトフィリア

『自殺、その実行法』は開巻劈頭、「支配のディスクールは猥褻である」という文章ではじまる。これによってもお分りの通り、この本の著者たちはかなりラディカルな思想の持主で、私の見るところ、どうやらアナキスト的な傾向があるようだ。つまり、国家とか警察とか病院とか学校とかいった管理と抑圧の機関が存続するかぎり、自殺は決してなくならないだろうという思想の持主らしい。しかし内容は必ずしも抽象的な思想を展開したものではなく、むしろ具体的かつ詳細に、自殺への自由と権利を阻むあらゆるものを分析している。

この本がフランス国内に大きな反響を呼びおこしたのは、この本の巻末に出ている調剤法によって、バルビタール系薬物を用いた二十代の青年がふたり、ヴァカンスのあいだに相継いで自殺したからで、どちらの青年の身辺にも、この本が置いてあったということが新聞で報じられたからであった。じつをいうと、私がこの本を求めたのも、幾分かは、いざという時に参考にしたいという気持があったためにほかならない。おそらく、だれしも心のすみで、こんな気持をいだいて本を買ったからこそ、これがみるみるベストセラーにのしあがったのではないだろうか。

古い意味での家庭というものが変質して、いわゆるモラトリアム人間がふえてくるのは、アメリカなどの先進国では必然的であるようだ。家庭が変質ないし崩壊して、家庭における父の影が極端に薄くなれば、人生において何らかの意味で闘うということは、野暮な行為として斥《しりぞ》けられるようになるにちがいない。そうなると、目に見えない管理社会の圧力に苦しめられる人間の目に、死はいよいよユートピアとしての異様な魅力をおびてくることであろう。死と、それからもう一つは暴力だ。要するにタナトスの二つの顔だ。

「安楽死は私たちの未来社会の本質的な手段の一つとなるだろう」とジャック・アタリがいっているそうだ。直接たると間接たるとを問わず、基本的自由としての自殺の権利が、絶対的な価値となるような社会が到来するだろうというのである。アタリというひとの本を私は読んだことがなく、たまたま『自殺、その実行法』のなかで見つけた文章にすぎないが、この意見は私にもよく納得し得る。

それにしても、死が唯一の自由の表現になるなんて、ついに人類も来たるべきところへ来たという感じがするではないか。「自由か死か」などといった二者択一のスローガンの有効だった時代が、いかにも手のとどかない遠くへ去ってしまったように見える。

女名前の首斬り機械

一七八九年十二月一日、ジョゼフ・イニャス・ギヨタン博士によって国民議会に提案され、一七九一年九月二十一日、憲法制定議会によって可決され、一七九二年三月から四月にかけて、アントワヌ・ルイ博士の指導によって製作され、同年四月二十五日、初めてニコラ・ジャック・ペルティエという普通犯に対して適用されることになったのがギロチン、正確にいえばギヨティーヌという女名前の首斬り機械であった。

ギヨティーヌは、むろん提案者たるギヨタン博士の名前から由来しているが、同時に製作者たるルイ博士の名前をとって、ルイゾンあるいはルイゼットとも呼ばれた。ルイゼットの名づけ親は、あの恐るべき人民の友マラーである。これも可憐な女名前である。

処刑者の苦痛をできるだけ短くし、迅速かつ確実な死刑執行を可能ならしめる新案の首斬り機械ギヨティーヌあるいはルイゼットは、それまでのアンシヤン・レジームの死刑執行が仰々しい一種の拷問であったのにくらべると、いちじるしく平等主義的かつ人道主義的で、いかにも哲学の世紀たる十八世紀にふさわしい発明だった。そう考えれば、それがやさしい女名前で呼ばれたとしても不思議はない。少なくとも当時にあっては、それはべつだん悪い冗談でも皮肉でもなかったのである。

当時ひろく流布された怪異譚風の伝説によれば、シャルロット・コルデーの斬られた首は、斬られてもなお美しく従容としていたので、ゆくりなくも死刑執行人の苛立ちを誘い、その手でぴしゃりと平手打ちを受けた。すると怒りのためか、彼女の頰にぽうと赤味がさしたという。

ギロチンをめぐる当時の医学者たちの生理学的な見解を戯画化した、リラダンの『断頭台の秘密』の主人公は次のようにいう。

「私共は、気がかりでもあれば不可解でもある、どちらの意味にもとれるような実例をこれまであまり沢山見て参りましたので、首を斬られた人間が直ちに無意識に陥るということを、私と致しましては、そう易々と信じ込むわけには参らないのです。伝説によりますと、その名を呼びかけられると、呼んだ人の方へ視線をめぐらしたという首が、どれくらいあったか知れませんね。」（斎藤磯雄訳）

ちなみにいえば、フランスでギロチンが廃止されたのは、つい最近のミッテラン社会主義政権下においてである。

ジュスティーヌ対ギヨティーヌ

サドの『新ジュスティーヌ』のなかに、女主人公ジュスティーヌがグルノーブルの司教の別荘に連れてこられ、そこで奇妙な一種の首斬り機械を見せられる場面がある。下手な語呂合わせのようだが、ジュスティーヌがギヨティーヌに対面するというわけだ。その部分を引用してみよう。

「この逸楽的な部屋の中央は、円くて広い泉水のようなもので占められており、その泉水のまんなかには小さな台があって、台の上には一種の機械が据えてあった。かなり変った機械なので、ここに書いておくだけの値打ちがある。この台の上の機械のうしろには、一脚の肘掛け椅子が置いてあり、忌わしいハンドルで発条《ばね》を動かしたいと思うひとは、この椅子にすわればよいのである。次に機械をくわしく説明しよう。」

「一枚の黒檀の板があって、その板の上に、犠牲にしたいと思う相手をきつく縛りつける。かたわらに巨大な剣を手にした、見るも恐ろしい男の人形が立っている。椅子にすわった死刑執行人の顔の高さに、縛られた犠牲者の尻が位置している。もし彼がこの尻を楽しみたいと思ったら、立ちあがれば容易に事は可能であろう。彼の右手の近くには一本の絹の紐が垂れていて、思いのままに動かすことができる。もしも荒々しく紐を引っぱれば、剣をもった人形は犠牲者の首をたちまち一刀両断するであろう。しかるに、ゆるゆると紐を引っぱれば、剣は小きざみに動いて、なかなか首の靭帯までを切断するにはいたらない。最後に目的を達する点では同じだが、不幸な犠牲者をじりじり苦しめるというやり方なのである。血は流れて、さきに述べたところの台のまわりの円い泉水のなかに滴り落ちる。」

十八世紀の好色小説は、快楽のための各種の機械を作中におびただしく描き出したが、このサドの自動人形とギロチンとを組み合わせた首斬り機械は、そのなかでもいちばん奇想天外なものの一つであろう。もしかしたら、ジュスティーヌとギヨティーヌとは腹ちがいの姉妹だったのかもしれない。

カリブ族とカンニバル

「死んだ者を食うよりは、生きたひとを食うほうが、はるかに野蛮であると思う。拷問責苦と称して、まだ十分に感覚をもっている肉体を引き裂いたり、これを少しずつあぶったり、これを犬や豚に嚙みやぶらせたりするほうが（これはわれわれがただ読んだだけではなく、つい近ごろ、この目に見たことである。しかも長年の仇敵の間においてでなく、隣人同胞の間に、なお困ったことには、信心とか宗教とかいう名目のもとに、なされたことである）、すでに死んだ身体をあぶって食うよりも、はるかに野蛮だと思う。」（関根秀雄訳）

右はモンテーニュの『エッセー』第三十一章「カンニバルについて」のなかの一節である。モンテーニュは、新大陸アメリカの原住民がカンニバル、すなわち食人種だと信じているのだが、その死者をあぶって食うカンニバルよりも、生きている人間を苦しめて殺すヨーロッパ人のほうが、もっと残酷だと主張しているのだ。

どんな辞典にも出ているはずだが、辞典をひくと、カンニバルはカリブに由来すると書いてある。コロンブスが初めて新大陸の原住民カリブ族に関する情報をヨーロッパに伝えたが、そのとき、スペイン人の発音の誤りのために、カリブがカニブに転じ、さらにカニバあるいはカニバルになったというのである。事実、ラス・カサスの要約した『コロンブス航海誌』にも、再三にわたってカニバという言葉は出てくるし、カニバ族が人間を食うということもちゃんと書かれている。

「私はカリブ人たりえないがゆえに共和主義者なのだ。私には莫大な量の自由が必要である」

と書いたのは矯激なロマン主義者のペトリュス・ボレルだった。ボレルにとって、どうやらカリブ人は近代の衰弱を知らず、食人の自由さえ満喫している、健康な野蛮人のイメージをあらわすものだったらしい。

キャリバンの正体

シェークスピアはモンテーニュをよく読んでいたから、『テムペスト』のなかに、カンニバルcannibalのアナグラム（綴り換え）であるキャリバンcalibanという怪物を登場させたのだという説がある。たぶん、その通りにちがいあるまい。『テムペスト』の登場人物ゴンザーローの台詞には、モンテーニュの「カンニバルについて」のなかの文章とほとんどそっくりのものもあるほどだ。

しかしまた、キャリバンはラテン語のカリュベスを思わせるという説もある。カリュベス族は黒海地方に住む穴居民族で、ウェルギリウスの『アエネーイス』第八巻四二一行にあるごとく、その地で産する鉄の精錬によって知られていた。カンニバルが新世界の野蛮人だとすれば、こちらはさしずめ旧世界の野蛮人である。たしかにキャリバンは穴の中に住んでいるし、エアリエルが空気の生きものだとすれば、こちらは一種の地の生きものとも見えないことはないので、このカリュベス説にも一考の余地はありそうである。

私の考えるのに、シェークスピアが創り出したキャリバンという途方もない怪物のイメージは、当時の新大陸の発見や、それに伴う人間の知識の驚くべき拡大、とりわけジョン・マンデヴィルやセバスティアン・ミュンスターやアンドレ・テヴェなどといった連中によって開拓された、現実と空想との境目のはっきりしない、博物学や畸形学の隆盛といった時代的な背景なしには到底考えられないものだ。

キャリバンはしばしば「魚」と呼ばれるが、実際、十六世紀に印刷された博物学の書物を眺めると、たとえばデンマークの海岸で捕獲された半人半魚の生きものだとか、ライン河から釣りあげられたドラゴンだとかいった、現実に存在するとは考えられない怪物のすがたが多く木版画となって挿入されているのである。

『テムペスト』の第二幕第二場に、トリンキュローが寝ているキャリバンを見て、「なんだ、こいつは。人間か、それとも魚か。死んでいるのか生きているのか」と近づいて、「もしおれがイギリスにいたら、この化けもので一財産つくれる。あそこは不思議な生きものを持って行きさえすれば、きっと一財産つくれる国だからな」と洩らすところがあるが、必ずしもイギリスだけのことではなく、当時のヨーロッパの好奇心旺盛な王侯貴族はそれぞれ邸宅に博物館を設けて、怪物の剝製や標本を好んでコレクションしていたのである。

キャリバンが半人半魚の化けものだからといって、私はこれを蔑視する気は毛頭ない。それどころか、私はヤン・コットとともに、このキャリバンを「シェークスピアが創造した人物のなかでも、もっとも偉大で独創的で、しかも気になる者のひとり」と考えているのである。

クセルクセスの愚行

ジャン・コクトーの評論集『知られざる者の日記』にふくまれる「距離について」というエッセーのなかに次のような一節がある。

「きみはクセルクセスのように海に鞭打ちの刑を加えることもできようし、アトス山に果し状をしたためることもできようし、トラキア人のように天に向って矢を射かけることもできようが、それでも事態に変りはあるまい。より賢明なことは、その無関心がきみの行為を恥じ入らしめるようなことのない領域に挑戦することだ。」

いかにもグレコマニアのコクトーらしい気のきいたレトリックであるが、ここでは、その点について述べるつもりはない。ただ、詩人によってここに引用されている三つの愚行の例が、御存じの方はすぐお気づきだろうが、いずれもヘロドトスに依拠したものであるということを、ちょっと指摘しておきたかったまでのことである。

ヘロドトスの『歴史』第七巻第二節以下にペルシア王クセルクセスの事績が出てくるが、このエディプス・コンプレックスに悩む神経症的な王は、父の遺志をついでギリシア遠征の軍をすすめると、アジアとヨーロッパをへだてるヘレスポントス海峡に巨大な橋をかけさせた。ところが、その橋が完成するや、はげしい嵐がおこって橋をことごとく破壊してしまったので、知らせを受けた王は大いに怒りを発し、家臣に命じて海に三百の鞭打ちの刑を加え、また足枷一対を海中に投ぜしめた。それのみか、ヘレスポントスに烙印を押させようと、その係りの者を派遣したともいう。

アトス山に果し状をしたためたというのも、たぶん、この怒りっぽい王のことである。アトス山は細長い岬となってエーゲ海の北に突出しており、これを船で迂回するには長時間を要するので、岬が本土に接する幅のせまい地峡に運河を掘って、アトス山を本土から切り離してしまおうと考えた。この運河の跡は今でも残っているという。

最後のトラキア人に関しては、第四巻第九四節に「また雷鳴や稲妻があると天に向って矢を放ち、神をおびやかすのもトラキア人である」という記述があることを指摘しておこう。

ポケットの廃止

「生徒の服装において改善すべき点として、ただ一つだけ私が提案したいのは、ズボンのポケットの廃止ということである。このポケットの廃止はきわめて重要なことである。なぜかというに、ポケットは授業中であれ休み時間中であれ遠足中であれ、常住不断あらゆる場所で、しばしば学童たちに肉体との接触を許すからであり、もっともきびしい監視の目をもごまかすことを可能にするからである。時にはポケットに穴をあけて、監督している教師の目の前で自瀆する生徒がいるほどである。」

「もしもすべてのズボンのポケットを廃止するならば、この一事のみによって、日中に行われる罪ふかき行為の大部分を予防することが可能となろう。この処置の実施に関して特に注意すべきことは何もない。」

右は元パリ地区病院付インターン、元医科大学解剖助手という肩書をもつ、J・B・D・ドモー博士によって書かれた「国民教育のための施設に導入すべき幾つかの衛生学上の処置に関する報告」という文章のなかの一節である。一八四九年一月、ドモー博士はこれを第二共和政下のフランスの文部大臣に託したという。私はこれをジャン・ポール・アロンおよびロジェ・

ケンプ共著の『ペニスと西欧の頽廃』（一九七八年）という本のなかに見つけた。十九世紀のブルジョワ社会がいかにオナニズムを怖れ、この悪習から子どもたちを守るために狂奔したかということの、これは一つの嗤うべき証拠であろう。

イピゲネイアの歎《なげ》き

「ギリシア人は、ひとりの人間が未来を見たり、また同時に現在の事物を見て楽しんだりすることができるとは考えなかった。それは人間にとって、あまりにも過分なことだった。だから占者のティレシアスは盲目だったのである。キリスト教の伝説では、盲目はしばしば神の警告あるいは懲罰である。かように視覚は私たちにとって最重要の感覚なので、視覚を失うことは生命を失うことにひとしいのである。すでにエウリピデスのイピゲネイアがその父にいっている、『あたしはもう光もおがめない、この太陽の光が』と。私たちもまた、昔から大罪を犯した人間について、光をおがむ資格のないやつと称するのだ。」

右はフランスの心理学者シャルル・ブロンデルの『自己毀損者たち、精神病理学的および法医学的研究』（一九〇六年）という本から抜いた一節である。いろいろな自己毀損があるなかで、ブロンデルは眼球摘出のそれをエディプス主義、自己焼身のそれをスカエヴォラ主義と呼んでいる。ここに出てくるティレシアスについていえば、周知のように彼は盲目の占者でもあるが、一定期間を男になったり女になったりする奇妙な両性具有者としても知られていよう。

念のためにいい添えておくが、ここに出てくるイピゲネイアは、タウリケのそれではなくて、アガメムノンの登場する『アウリスのイピゲネイア』のほうである。

ケストラー夫妻の死

つい四カ月ばかり前、この「マルジナリア」で、アーサー・ケストラーの安楽死に関する意見を私は紹介しておいたが、それを書いてから一カ月もたたないうちに、そのケストラー自身が、妻とともに安楽死心中してしまったのには驚かされた。享年七十七。

新聞記事によると、ケストラーは一九八三年三月三日、ロンドンの高級住宅街ナイツブリッジの自宅で、三番目の結婚相手シンシア夫人とともに死んでいた。三日朝、ケストラー邸に出勤したメイド（お手伝いさんと書くのは嫌だから英語を使うことにする）の発見したところでは、夫婦は正装して居間の安楽椅子にすわって死んでおり、警察にとどけるよう指示する書置きがあったという。警察のしらべによれば服毒心中で、ケストラーは白血病とパーキンソン病をわずらい、病状はかなり悪化していたらしい。ただし、夫人はまだ五十代で健康だったという。夫妻はともにイギリス安楽死協会「退場《エグジット》」の会員だった。

ここで問題になるのは、まだ五十代で健康だったシンシア夫人が、ほんとうに死にたいと思っていたのかどうか、ただ夫の意向に従って死んだだけなのかどうか、ということであろう。この問題に答えるのはむずかしい。また生きている私たちが答える必要もないのではないかと思う。少なくとも安楽死協会の会員ならば、安楽死を実行する時期を早くするか遅くするかについて、自分で責任を負うべきだということぐらいしかいえないのではないか。日本には美化されたダブル・シュイサイドとしての心中の伝統があるから、この夫妻の二重自殺をすんなり受けとめることだって出来ないことではなかろう。

マルクス姉妹

ケストラー夫妻の心中とよく似たケースとして、ただちに私の頭に思い浮かぶのは、あの『怠惰の権利』の著者として知られるポール・ラファルグの死に方である。彼はロンドンでカール・マルクスと知り合い、マルクスの次女ラウラと結婚していた。死んだのは一九一一年、七十歳になろうとしていた時で、ラファルグは以前から七十歳で死ぬことにきめていたのだそうである。十一月二十六日の夜、妻ラウラを道づれとして、彼は手首に青酸カリを注射して死んだ。その遺書には妻への言及はまったくなかったらしい。

マルクスの生涯について私はくわしくないが、なんでも彼には三人の娘があり、ラウラの妹のエレオノーレも、一八九八年三月三十一日、青酸を呑んで自殺しているそうだ。マルクス三人姉妹のうち、自然死をとげたのは長女のジェニーのみだという。マルクス兄弟ではなくマルクス姉妹だから、念のため。

支那の占星学者

次に引用するのは、私の大好きなジャン・フェリーのコント集『機関手その他の物語』（一九五三年）から抜いた散文詩のような一篇である。

「支那の占星学者が、みずからの死期を計算することに生涯を費した。毎夜、明け方まで、彼は記号や数字を積み重ねた。こうして人しれず、彼は年老いた。それでも彼の計算は着々とすすんでいた。彼は目標に達した。占星学は彼に、その死期を明かそうとしていた。それなのに或る朝、彼の手から筆が落ちた。孤独と疲労と、おそらくは無念さのために、彼は死んだのである。もうあと一つだけ、寄算をすればよいというところまで来ていたのであった。

この支那の占星学者と、筆者の知っている或る知識人とを比較することを許していただきたい。すなわち、その知識人は、金にならない仕事で一日をあくせく働きながら、なおその上に寸暇をさいて、ラファルグの『怠惰の権利』の校訂版、記念碑的な決定版を準備しつつ、疲労のため年若くして死んだのである。」

安楽死オナニー説

古代ギリシアとその植民市にも、今日における安楽死協会のようなものはあったらしい、と『自殺、その実行法』の著者が書いている。

ティベリウス帝時代のローマの歴史家ヴァレリウス・マクシムスが『著名言行録』の第一巻で報告しているところによると、マルセイユでは「毒にんじんを含む有毒飲料が当局の管理のもとに保存され、六百人会（当時の元老院はそう呼ばれていた）で死にたい理由を認められた者にだけ、それが交付された。もちろん軽々しく人生をおさらばすべきではないし、正当な理由がないのに、ただちに死ぬ手段を提供すべきでもないから、十分に手をつくして事前の調査が行われた。かくて極端に不幸なひとも極端に幸福なひとも、法に許可された死のなかに、おのれの最後を見出すことができた。なぜなら不幸はなかなか逃げて行かないし、幸福はいずれ私たちを裏切るだろうし、そのどちらも私たちにとっては心配の種だからであり、そのどちらも私たちの命を断つ十分な理由となりうるからである。」

『自殺の研究』の著者アルヴァレズによれば、「もし人間の腕に小さなスイッチがついていて、苦しまずにすぐ死ぬために、それを押せばよいのであれば、遅かれ早かれ、だれもが自殺するだろう、とロバート・ローエルが述べたことがある。現在、人間はそのいかにももっともらしい理想に近づいているように見える」と。

死と性行為がよく比較されるのは周知のところだが、もし老衰や病気による自然死を一般の性行為になぞらえるとすれば、人工的な手段を用いる安楽死はオナニーに近いのではなかろうか、という気が私にはする。たとえ夫婦で心中したにせよ、である。これは奇矯な考え方であろうか。安楽死というものに拭いがたい胡散くささがつきまとっているのも、宗教的(とくにカトリック的)見地から見て、これが単なる自殺以上に、神の意志にそむく罪のように見なされるのも、そのためではないかと思われる。

ここで逆説的に浮かびあがってくるのは、人間的存在にとって、苦痛というものがいかに重要不可欠な要素であるかということだろう。苦痛を抜きにした人間的存在なるものは、ほとんど意味をなさないのである。死刑廃止の理念に対する最大の、人間の心の無意識の障害も、おそらくはこれであろうと私は考える。お断りしておくが、これはマゾヒズムとは何の関係もないことだ。

臍《へそ》のない男

危険なものや忌わしいものは外から襲ってくるのではなく、かえって私たち自身の内部から癌のように生ずるのだということを、十七世紀英国の文人トマス・ブラウンは佶屈たる文体で執拗に語っている。以下は『レリギオ・メディキ』の終りに近い部分からの引用だ。

「私が恐れているのは私の内なる堕落であって、外部から私に伝染してくる病毒ではない。おそらく私をほろぼすのは、あの私の内なる統制のとれない軍隊なのである。私を病毒で汚染するのは私自身なのである。臍のない男が私の中にまだ生きている。この先天的な癌が私をむしばみ、食らいつくすのを私は感じる。だから『主よ、私を私自身から解放せしめたまえ』というのが私の祈りの言葉の一部なのであり、隠遁した私の想像力の発する最初の叫びなのである。孤独な人間などというものは存在しない。なぜなら、すべての人間が一つのミクロコスモスだからであり、自分とともに全世界を運んでいるからである。『孤独でいる時よりもっと孤独でない時はない。』これは賢者の格言だが、愚者が語ったとしてもやはり真実であろう。実際、荒野においても人間は決して孤独ではないのだ。まず第一に彼自身および彼自身の思想とともにいるからであり、そればかりか悪魔とともにいるからでもある。悪魔はつねに私たちの孤独の仲間であって、私たちの隠遁した想像力に随伴する無秩序な情念を掻き立てる、あの始末に負えない反抗者なのだ。」

文中の「臍のない男」というのは、最初の人間たるアダムのことである。アダムは母胎から生まれたのではないから、昔の絵ではしばしば臍のない男として描かれたのである。

ボルヘスはトマス・ブラウンが大のお気に入りなので、「天地創造とP・H・ゴッス」という文章の冒頭に、このブラウンの「臍のない男」云々という一節を引用している。さらにジョイスの『ユリシーズ』第一部に出てくる、次のような文章をもボルヘスは目配りよく引用している。「アダム・カドモンの妻にして友なるヘヴァ。裸のイヴ。彼女には臍がなかった。よく見ろ。大きくふくれあがった、穴のあいてない腹。ぴんと張った犢皮《こうしがわ》の円楯。」

アダムとイヴには臍がないというのが伝統的な見解だったらしいが、十九世紀イギリスの動物学者フィリップ・ヘンリー・ゴッスは、みずからの反進化論者としての立場をつらぬき通すために、その著『オムパロス』(一八五七年)のなかで、この説に真向から反対した。すなわち彼によれば、アダムがこの世に現われたのは三十三歳のときだったが、それでも彼にはちゃんと臍があった。神は天地創造のとき、創造以前の歴史をも抜かりなく造っておいたからである。ちょうど地中から天地創造以前の化石が現われるように、アダムの腹にも創造以前の痕跡がある。しかし化石の生物は実際には生きていなかったのであり、アダムもかつて母胎の中にいたわけではなかった。それらは神のトリックにすぎないのだ。——以上がフィリップ・ヘンリー・ゴッスの驚くべき理論の要約である。

裸体画について

「ルネサンス期の大画家たちは、明らかに彼らの欲望の対象であるような女たちを創造してはばからなかった。芸術は、技術的にも思想的にも禁欲的なものとは考えられていなかった。絵を見る者も、美的な感動と官能的な興奮とをそこに同時に感じていた。男にはますます着物を着せ、女からはますます着物を剝ぎとろうとする傾向が『田園の奏楽』にも『オルガン奏者とウェヌス』にも、あるいはまた『画家のアトリエ』にも『草上の食事』にもはっきり現われている。女の中には性的魅力が集中しているという近代のエロティシズムを、それは前提としているからだ。」

右はジャック・ローランの『着衣と脱衣の裸体』(一九七九年)から抜いた一節である。なかなか才気煥発なエッセーで、私はこれをおもしろく読んだ。そのなかには次のような一節もある。

「もしもクールベやマネがスキャンダルになったとすれば、それは彼らが裸の肉体のてっぺんに、寓意画のなかの女の顔ではなく、そこらで会うかもしれないような女の顔を置いたからであろう。」

大般若

つい先日、国立劇場で梅若紀彰の会特別公演として、堂本正樹補綴によって五五一年ぶりに復曲された、梅若家に伝わる十五世紀の能『大般若』が演じられた。世阿弥以後の能の常識ではとても考えられないような、野性味あふれるスペクタクルとしての絢爛さが、とくに私には興味ぶかく眺められたと報告しておこう。

私たちが見慣れた三間四方の能舞台ではなくて、大劇場のだだっぴろい空間で演じられる能というものに、まず最初はいくらかの異和感があった。観客でさえそうなのだから、演じる能役者にとってはなおさらであったろう。目付柱のある普通の舞台ならば、たとえ面で顔をかくしていても、歩数や歩幅で自分が舞台のどこにいるかということの判断はつく。しかるに大劇場の大空間では勝手がちがう。おまけにライトで舞台がやけに光るので、敷物を敷かねばならなかったという演出上の苦心談を私は堂本正樹氏から聞かされた。

見ているうちに、しかし異和感は次第に消えてなくなった。野外能にまでスケールの大きさを求めなくても、能の前身というべき猿楽や田楽のスペクタクル性を考えれば、方三間の舞台ではいかにも狭すぎるのではないか。『大般若』についていえば、ワキ（三蔵法師）およびシテ（前シテは翁、後シテは真蛇大王）のほかに、最後には舞台に天女二人、龍神龍女が四人も出てきて、総勢八人の登場人物がずらりと揃うのだから、やはり舞台は広いほうがよいのではないか。——奈落からせり上がってくる、きらびやかな面と衣裳をつけた真蛇大王や龍神龍女を見ているうちに、自然に私はそんな気がしてきたのである。

そういえば橋懸りではなくて、役者の出入りに花道とせりを使った能というのも、私は初めて見たのだった。

七つの髑髏《しゃれこうべ》

『大般若』の筋は、玄奘三蔵のいわゆる西天取経の伝説を骨子とした、まことに単純きわまりないものである。『西遊記』の古い稿本の一つ、宋代の『大唐三蔵取経詩話』では深沙神と呼ばれている神が、ここでは真蛇大王という名で登場する。深沙神とは、もともと深沙というタクラマカン地方の砂漠に蟠踞する妖怪だったのが、いつからか流沙河という水に棲む妖怪のイメージに変ったものらしい。『西遊記』に出てくる河童みたいな沙悟浄が、この深沙神のなれの果てだと思えばよいであろう。中野美代子の快著『孫悟空の誕生』を読めば、この深沙神から沙悟浄までのイメージの変遷を私たちは仔細にたどることができるだろう。

『大般若』では、真蛇大王という名で呼ばれているように、この深沙神は後シテとして、頭に龍のかぶりものをかぶった龍王のすがたをして現われる。「汝の前生さきの世も、此の大願を起せしかども、遂に叶わで此の川の、主に悩まされ、命を捨てしも七度なり」と前シテの翁がいうように、すでに三蔵は前生において七度までも、取経の旅に出ながら深沙神に襲われて食われてしまったのだった。『大唐三蔵取経詩話』では二度であるが、能では七度になっており、これも後世になるほど誇張されてきたものと見える。

七度までも命を落しながら、それにもめげず、仏法をひろめようという三蔵の固い決意に打たれ、翁は、自分こそ真蛇大王であると明かしてから、三蔵の両手をとって河を渡してやる。その後に後シテの真蛇大王が華やかなシテヅレとともに現われて、三蔵の求める大般若の経巻を授けるのである。去ってゆく三蔵を、真蛇大王は河岸の巌の上に立って見送る。

私は前に、花山院が前生で三人の人物に転生する「三つの髑髏」という短篇を書いたことがあるけれども、三蔵の七つのしゃれこうべを瓔珞につないで首にかけているという深沙神のイメージには、頭をかかえて、ぎゃふんとならざるをえない。「頼朝公おん十四歳のみぎりのしゃれこうべ」も、このシルクロード的幻想のスケールの大きさには、とても太刀打ちできないだろう。

ちなみにいえば、フランスにも「少年ヴォルテールの頭蓋骨」という笑い話があるらしい。

怪物をつくる職人

ポーやボードレールのような、恐怖と悪夢の世界を創造しようとした作家たちを、ボルヘスはmonstrorum artifex（怪物をつくる職人）と呼んでいる。このラテン語はプリニウスの『博物誌』第二十八巻第二章に出てくるもので、しばしばボルヘスの好んで用いるものだ。プリニウスのその部分を次に訳出してみよう。

「癲癇患者のなかには、生きたコップから血を飲むように、倒れた剣闘士の傷口に唇を押しつけて、その血を飲む者がある。闘技場の野獣もかくやとばかり、目も当てられぬ恐るべき行為だ。しかし彼らの意見では、こうして人間の傷口に唇を押しつけて、湯気の立つ温い血ばかりか、その人間の生きた魂までも吸い取ってしまうのが、きわめて有効な治療法なのである。私たちには、あたかも残酷を絵に描いた行為のように見える。また子どもの脚の骨の髄や、脳みそを求める者もある。多くのギリシアの著述家が、人間の内臓や諸器官の味について書いている。爪の切れっぱしにいたるまで、彼らはすべてを吟味したらしい。健康を回復するためには手段を選ばず、人間を猛獣に変身せしめても差支えなしと言わんかのごとくである。

もし治療が失敗したら、なんたる欺瞞行為だろう。古来、人間の臓腑を眺めるのは、冒瀆的なことと信じられてきた。いわんや、それを食うにおいてをや！　いったい、こんな恐ろしいことを考え出したのは、どこのどいつだろうか。オスタネスよ、お前ではないのか。私はお前に責任があると思う。おお、人間の掟の破壊者よ。怪物をつくる職人よ。お前こそ、自分の名前を忘れさせないようにするために、先に立って残虐非道なことをやらかした張本人ではないか。」

文中にあるオスタネスというのは、プリニウスの『博物誌』によく出てくる古代ペルシアの祭司の名前で、クセルクセス王とともにギリシア遠征に参加した人物らしい。数々の魔術的な病気の治療法を発明した人物と目されているので、プリニウスにさんざん非難攻撃される羽目になってしまったようだ。気の毒というもおろかである。私はmonstrorumという言葉の原義を生かすために、またボルヘスの意を汲むために、あえて「怪物をつくる職人」と訳したが、ここはむしろ「残虐非道の張本人」とでも訳したほうが通りはよかったかもしれない。

マノンの踊り

もう一つ劇場の話。先月の末に、英国ロイヤル・バレエ団が二度目の来日公演をした。私はケネス・マクミランの演出振付による『マノン』に大いに感興をもよおしたので、そのことをちょっと書いておきたい。

どういうわけか新聞などの批評ではまったく触れられていなかったが、この『マノン』における女主人公とデ・グリュー、女主人公とムッシューGM、そして女主人公と看守のあいだにそれぞれ展開されるパ・ド・ドゥーは、思わず息を呑むほどのしたたかな官能描写で、どちらかといえば抽象的なベジャールの手法とはまた違った、いかにもイギリスらしい濃厚な頽廃と爛熟を示していたのである。

女を完全に性的対象として見て、その正味をじっくりと値踏みしているような、あるいは女の肉体の各部分に綿密に探りを入れているような、そんな描写が見られたものである。これほど女の肉体を執拗に物として扱っているバレエを、私はこれまで見たことがないと思ったものだ。また物として扱われている女のほうも、物であることによって、なんという官能性を発散させていたことだろう。残念ながら森下洋子が逆立ちしても及ばないであろうような、おとなっぽい官能性だったと申しあげておこう。この点については、たまたま劇場で顔を合わせた淀川長治氏とも意見の一致を見たということを、併せてお伝えしておくべきか。

球と教授たち

日本ではほとんど知られていないマルセル・ベアリュという、今年七十五歳になるフランスの作家のしゃれたコントを一つ、ここに翻訳してお目にかけよう。『半睡物語』（一九六〇年）から抜いた一篇だ。もっとも、私よりほかには、あんまりこれをしゃれた作品だと思うひとはいないかもしれないが。

「大ぜいのすぐれた教授たちが学会の帰りに、一個の球に出くわした。球はゆっくり坂道を降りつつあったので、教授たちは球を通すために道をあけてやった。この球は、直径が三メートルないし四メートルもあって、教授たちがそれまでに見た、いかなるものにも似ていなかった。そのオパール色の表面には、夕暮の光線が薔薇色に照り映えていた。

自他ともに許す知識人であった彼らをもっとも驚かせたのは、この球が一向に加速度というものの影響を受けず、だれでも知っている重力の法則に反して、しずしずと転がっているということだった。坂道の下まで達する前に、とうとう球は途中で立ちどまった。

——ふしぎだ！　と教授のひとりがつぶやいた。

この言葉のひびきで夢から覚めたように、彼らはいっせいに球に追いつくために走り出した。そうして球を取り巻いた。ひとりが人差指の先で、陶器のようにすべすべした球の表面にふれてみた。

——奇妙だ！　と彼は感嘆の叫びをあげた。

もうひとりの教授がナイフを取り出して、つるりとした艶のない卵の殻のようなものの一部を、慎重に切り取ろうとしてみたが、とても切り取れるどころではなかった。それは象牙のように堅かったからだ。

教授のなかの二人か三人は、この神秘な隔壁に耳を押しあててみた。ついには幾人かで球に寄りかかって、この巨大ではあるにせよ、ごく軽いように見える球体を動かしてみようとした。骨折り損だった。球は地面に根が生えたように、びくともしなかった。

——まさに驚くべきだ！と彼らのひとりが額を拭いながら声をはなった。

すると、そのとたんに球はふたたび動き出したので、二人の教授はぶつからないように、あわてて飛びのかねばならなかった。しかし今度は前のように坂道を降りるのではなくて、相変らずしずしずとした、ゆるゆるとした調子で、球は坂道の上のほうへ登ってゆくのだった。すぐれた教授たちのグループは球を追いかけた。ときたま、同じような意味の、巧みに選んだ叫び声が彼らの口から飛び出した。

——奇怪だ！

——異常だ！

——前代未聞だ！　背理だ！

——珍無類だ！

——言語道断だ！

坂道のてっぺんに来ると、球はふたたび動かなくなった。その球を包囲するように、まわりから教授たちがそろそろ近づいてゆくと、あたかも目に見えない糸で引っぱられたかのように、いきなり球は垂直に浮かびあがって空中に上昇した。そこで口をぽかんとあけて、彼らはその場に取り残された。ショックのあまり、へたりこんでしまった彼らのなかの何人かは、草の上に腰をおろし、ぼんやり空へ顔を向けて、この現象を打ち眺めつづけた。厚い大気圏を上昇してゆくにつれて、球は虹のように輝く薔薇色から赤へ、オレンジ色から目映ゆいばかりの緑色へと変化して、ついには星の光のような、あの銀の輝きをおびるにいたった。感きわまって、子どものような声を押し出した者があった。

――まるでお月さまみたいだ……

やがて球は灰色がかった空の気泡となり、次いで蝿の糞に似た小さな黒い点となり、そして消えていった。

学者たちは永いこと、放心したように口もきかず、じっと一点を見つめたまま、動くことさえ忘れていた。やがて気がつかぬうちに、夜の冷気がお尻を濡らしはじめたのをおぼえると、これまで一言もしゃべらなかった彼らのなかのひとりが、あの知性の花ともいうべき、持って生まれた機知の感覚に急にふたたび目ざめて、

――諸君！　と勿体ぶった調子で発言した。諸君はいま天使の卵を見たのですぞ。

それから陽気な教授たちは揃って、ほっと安心したように、ふたたび道を歩き出した。」

凝固した飛翔

ピエール・アンドレ・ラトレイユは高名な昆虫学者として、革命後のフランスの文化界に重きをなしたひとだが、みみずく党の内乱のころは捕えられてしばしば獄に投ぜられ、一度などは死刑の宣告を受けたことさえあった。そのとき彼の命を救ったのは一匹の甲虫だった。見まわりにきた典獄が、めずらしい鞘翅類《しようしるい》を手にして興奮している獄中のラトレイユを眺めて、こころを動かし、ひそかに彼を脱獄させてやったのである。じつは、この典獄も根っからの甲虫好きなのだった。ジル・ラプージュが『ユートピアと文明』(一九七三年)のなかで次のように書いている。

「ふたりの男をへだてる境界が一挙に取り払われてしまうためには、一匹の甲虫で十分だった。一方は王党派であり他方は革命派であるという差異は、歴史という仮りの世界でしか通用しなかった。歴史の外なるユートピアの領域では、こんな争いは一場の夢でしかなかった。断頭台が立てられ、王や兵士がばたばた死んでゆく土地の下に、もう一つ別の土地がその地質学を繰りひろげていた。それがユートピアの土地である。それは時間も知らなければ、時間の蚕食ということも知らなかった。政治の対立も政治のおぞましさも知らなかった。その澄みきった虚無の草原のなかで、ふたりの男が同じ国の市民として互いに相手を認め合ったのである。」

「おそらくユートピアの美しいイメージは、その底に蝶やくわがた虫や斑猫や黄金虫などの標本を配列した、あのガラス箱に見立てることができよう。輝く都市から、この箱はあらゆる特徴を受け継いでいる。それは純粋で荒涼としている。見分けがたいガラスの障壁の向うには、完全な秩序に配列された昆虫が閉じこめられている。個体が廃棄されたことを証明するためのように、それぞれの種は多くの個体によって代表されている。羽根は飛翔のために拡げられているが、この飛翔は凝固していて、いかなる空においても実現されないだろう。」

昆虫標本とユートピアとの関係を、これほど見事に語った文章を私は知らない。エリアーデによれば飛翔は「人間のもつ本質的なノスタルジア」である。昆虫によってノスタルジアを凝固させて、ガラスの箱のなかに閉じこめたのが標本箱であろう。

エレベーターの夢

私はよくエレベーターの夢を見ることがある。フロイト神話学では、上昇の夢はセックス、それも特に勃起の現象と関係があるわけだが、そのことを私はここで問題にしようとは思わない。

私がしばしば夢に見るエレベーターは、ずいぶん広くて、少し大げさにいえば、四畳半ぐらいはありそうな感じである。床がきわめて不安定で、始終ぐらぐらしているので、乗っていると落ちそうな気がする。内部は暗くて、何人ぐらい乗っているのか、はっきり分らない。運転が非常に乱暴で、或る階に達しても、その階の床とエレベーターの床とが水平に接しない。ずれているのである。だから降りるためには、その階の床に両手をかけて、よっこらしょと攀じのぼらなければならない。早くしないと、エレベーターがふたたび動き出して、隙間に挟まれてしまう恐れもある。そうでなくてさえ、エレベーターの床はいつもぐらぐらしていて、危険きわまりないのである。

こんな夢を、私はもう何度見たか分らないほどである。また近いうちに見るかもしれない。

人間ぎらい同好会

或る男がフランクフルト近辺の病院で病後を養っているとき、たまたま近くで見かけたゴシック風の城館の美しい庭に散歩にゆくと、そこへいきなり現われた二十人ばかりの若い女たちに取り巻かれ、頭をがんとなぐられ、目かくしをされ、手足をがんじがらめに縛られて、そのまま城館のなかに運ばれてしまう。しばらくしてから目かくしをはずされると、驚いたことに、男は薔薇色の繻子のクッションを敷きつめた、鉄の檻のなかに入れられている。左隣の檻には一匹の緑猿がおり、右隣の檻には一羽の鸚鵡がいる。そして男の檻には「男」と書いた札が貼られている。

じつは、この城館はミザントロフィル・クラブ（人間ぎらい同好会）と称する、男ぎらいの女ばかりを集めた組織の集会所であった。組織はベルリン、ペテルブルグ、ナポリ、マドリッドなどにも支部を有していて、この組織の会員は男と呼ばれる、あの卑しむべき動物とは絶対に交渉をもたないことを誓わせられる。男というものの実態をよく知り、男に対する憎悪と軽蔑の念をいよいよ燃えあがらせるために、いま、ひとりの男をモデルとして檻のなかに捕えたわけなのであった。

たとえば若い新入会員が入会すると、古参の会員が檻のなかの男の肉体の各部分を鞭で指し示して、それらがいかに女の肉体の各部分よりも劣っているかを証明する。あるいはまた、男の裸体を見ても少しも心を動揺させないような訓練を積むために、新入会員に男のモデルをデッサンさせる。しかし彼女らの言動のなかでもいちばんおもしろいのは、男と交渉をもたずに子孫をのこす方法、処女生殖の方法を発見して狂喜するところであろう。彼女らのひとりが次のように叫ぶ。

「スパランツァーニ神父、このひとこそ、あたしたちには偉大な予言者、不信の徒には恐怖の的よ！　このひとのおかげで、あたしたちは自立を守りながら、宇宙の秩序を保つことができるのよ。息を吹きこむだけで胎内に生命の芽を宿す、神にもひとしい立場に立つことができるのよ。」

申すまでもなく、スパランツァーニ神父とは一七六八年、蛙を使って最初の人工受精の実験を成功させたイタリアの博物学者である。つまり、彼女らは人工ペニスをつけたマヌカンと交わって、男と接せずに子種を得ようとするわけだ。

右に長々と述べたのは、大革命直後の一七九八年、フランスで匿名で刊行されたジャック・アントワヌ・レヴェローニ・サンシールの『パウリスカあるいは近代の背徳』という小説のなかの一つのエピソードである。

レヴェローニの『パウリスカ』

十八世紀フランスの好色作家としてサド、レティフ、ラクロの名前はすでに有名だが、近年、この三人に匹敵するものとして急に注目されるようになったのが、いま述べた『パウリスカ』の著者レヴェローニ・サンシールである。

その名が示すごとく、レヴェローニはイタリアからの移民の息子で、一七六七年、リヨンに生まれている。サドやラクロよりも二十数年若く、バンジャマン・コンスタンと同じ年だが、青年時代から工兵隊に入隊し、軍隊生活の退屈をまぎらすために小説を書いたという点では『危険な関係』の作者を思わせるし、その小説の女主人公パウリスカが悪人のために次々と迫害をうけるという点では、明らかに『ジュスティーヌ』の作者を思わせる。最後は卒中で倒れ、六十二歳で死ぬまで廃人同様の生活を送ったというから、この点でもシャラントン精神病院のサド（むろんサドは廃人ではなかったが）を思わせないことはない。

その作品はかなり多いが、いま述べた『パウリスカ』を別として、もっとも異色というべきは死の四年前、一八二五年に刊行された『サンドウィッチ諸島の王妃タメハ』という小説であろう。私はこれを読んでいないが、十八世紀文学の専門家ベアトリス・ディディエの紹介によると、ちょっと作者の頭がおかしいのではないかと思われるほど奇妙な小説なのである。

サンドウィッチ諸島の王と王妃が、キャプテン・クックを食ったという食人種の原住民を連れてロンドンへやってくる。ロンドンで、王は若い娘にたわいなく誘惑されてしまう。しかし王妃は身を堅く守って、男の誘惑に屈しない。王が裏切ったのを知って絶望し、王妃は毒を飲んで死んでしまう。王もそれを見て、苦悩のあまり死んでしまう。一方、食人種はキリスト教に改宗して、すんでのことで自分の息子を食うことをまぬがれ、悲しい思いで、王と王妃の屍体をサンドウィッチ諸島に運んでゆく。——これだけの紹介でも、この小説が現代の劇画みたいに奇妙きてれつな筋のものであることがお分りであろう。

小説『パウリスカ』の女主人公はポーランドの伯爵夫人だが、侵入してきたロシアの軍隊に城を焼かれ、国外に逃亡することを余儀なくされる。当時の暗黒小説の常套手段で、彼女は逃亡しては捕えられて、牢獄に幽閉されることを何度でも繰りかえすのだ。暗黒小説はつねにピラネージ風の舞台で展開するが、この『パウリスカ』も例外ではない。

「スタンダールの牢獄は幸福の、精神的な高揚の、そして結局は逆説的な自由の同義語であるから、つねに高いところに位置しているが、それとは違ってサドの牢獄、暗黒小説の牢獄は地の底、孤独と絶望の底に深く埋もれている」とディディエが的確に述べている。

しかしまあ、日本の読者に紹介されていない未知の小説について、私がこれ以上くどくどと内容を説明したところで仕方がないであろう。ただ、このレヴェローニの『パウリスカ』は単に十八世紀風の暗黒小説というだけでなく、いわばサイエンス・フィクションの走りみたいなところがあって、そこが若い批評家たちの注目を浴びている点ではないかとも考えられる。十数年後にはイギリスで、早くもシェリー夫人の『フランケンシュタイン』が誕生しているのだから、それに比肩するSFの走りが大陸で生まれていたとしても不思議はあるまい。『パウリスカ』には、マッド・サイエンティストのような人物も出てくるし、快楽のための機械やメカニックな装置のようなものも、おびただしく出てくる。私が読んだかぎりでも、なかなか奇抜で斬新な小説なのである。

ラペルーズの見た日本の船

ラペルーズの『世界周行記』に目を通していたら、彼の船が一七八七年（天明七年）五月から六月にかけて、日本海を北へ縦断している途中、竹島の付近で日本の船に出遭ったということが書かれていた。その部分を次に引用してみる。

「六月二日、北緯三十七度三十八分、東経百三十二度十分の海上で二隻の日本船を認める。一隻は私たちの声がとどくほどの近くを通り過ぎた。二十人ほどの乗組員で、いずれも私たちの国の僧侶が着るような青い長衣を着ている。船はおよそ百トン積みで、まんなかに一本の非常に高いマストが立っていたが、それは短いマストを銅の箍《たが》と索でつないだもののように見えた。帆は布で、横にはまったく縫目が見えなかったが、縦の方向に紐でくくられていた。この帆が私にはひどく大きく見えた。そのほかの帆としては、船首に小さな前帆のついた二枚の弥帆《やほ》があった。幅三フィートの狭い展望台が船の両側に張り出していて、船尾から三分の一まで前方に延びていた。この展望台は、突き出て緑色に塗られた船梁《ふなばり》の上に支えられていた。」

「こうして見ると、この船は沿岸を離れるのは無理のようであり、荒海で突風に遭ったら危険ではないかと思われた。おそらく日本人も冬場には、もっと悪天候を冒すに適した船を用いるのであろう。ひとの顔まではっきり見えるほど、私たちは日本船のつい近くを通った。その顔は決して恐怖の表情を示していなかったし、驚きの色さえ浮かべてはいなかった。アストロラーブ号からピストルの弾丸がとどく距離になるまで、彼らは針路を変えようとはしなかった。船上には白い日本の旗が立っていて、縦に書かれた文字が読みとれた。船の名前は、この旗竿の近くに置かれた一種の太鼓の上に書かれていた。アストロラーブ号は通りすがりに船に呼びかけた。しかし彼らも私たちの問いを解さなかったように、私たちも彼らの答えを解するわけにはいかなかった。日本船は相変らず南へ航行しつづけた。これまでヨーロッパの船が一度も入りこんだことのなかった海で、思いがけなくも二隻の外国船にぶつかったことを、おそらく彼らは同国人に早く知らせたいと思っていたのであろう。」

ちなみに、ラペルーズの探検隊はアストロラーブ号とブーソル号の二隻の軍艦に分乗していたのである。

まだ黒船の影もほとんど見えない江戸文化の爛熟した天明年間、ルイ十六世の命を受けた二隻のフランス軍艦が、日本人の知らぬ間に、ひっそりと日本の沿岸を北上して行ったという事実は、いずれにせよ私には殊のほかおもしろく感じられる。

イエズス会士のつくった地図によって、フランス人たちはノト岬（能登半島のことであろう）、あるいはノボ岬、ジョーチ島（いずれも不明）などといった日本海沿岸の地名をちゃんと知っていたらしい。

キャプテン・クックがサンドウィッチ諸島で土民に殺されたように、ラペルーズも長い航海の末に消息を絶ち、たぶん南太平洋のヴァニコロ島で土民に殺されたと見られている。ルイ十六世は処刑の前日まで、「ラペルーズから便りはないか」としきりに気にしていたそうだ。十八世紀という時代は、おもしろい時代であるとしかいいようがない。

稲垣足穂さんに資料提供のこと

稲垣足穂さんの長篇エッセー『少年愛の美学』に次のような記述がある。

「でも、十八世紀のデンマークの作家ホルベルクの『ニルス・クリムの地下旅行』は、いっそう不思議である。これは、コペンハーゲンの大学生ニルスが故郷ベルゲンへ夏期帰省の途次に、奇妙な洞穴を見つけたというお話である。彼がロープを伝って降りてゆくほどに、綱が切れた。ところが落ちても落ちても、穴は無限に深く、自分の周囲には星々が輝いているではないか。天体中のもっとも大きなのが近づいてくるとともに、自身の今までの垂直運動がおもむろに水平的になる。彼は『人間衛星』として、そこに置かれる。ポケットからパンを取出して投げてみると、パンも自分といっしょに星のまわりを廻っている。折から巨きな鷲が飛んできたので、ロープの切れはしを先方の脚にひっかけ、その誘導を俟って無事に着陸したところが即ち『植物国』で、犬に吠えられて攀じのぼった樹が生憎と知事閣下夫人であったために、告発される。この一部始終は、しかし巨大な動物の肛門内の出来事だとすべきである。」

お尻の大好きな足穂さんだったから、星々の輝く無限の宇宙を動物の肛門内に封じこめたかったのだろうが、その最後の部分を別とすれば、この記述はそっくりそのまま、私が手紙で足穂さんに書き送った『ニルス・クリムの地下旅行』の梗概の通りである。思えば今から二十数年前の話である。そのころ、私は暇だったので、自分のおもしろく読んだ小説の筋を、ときどき京都は宇治恵心院の足穂さんに手紙で書き送っていたのだった。足穂さんの文中にあるホルベルクは、デンマーク読みに直せばホルベアであろう。

ホルベアの『ニルス・クリム』

十八世紀デンマークの大作家ルドヴィー・ホルベアの長篇小説『ニルス・クリムの地下旅行』は一七四一年、作者によってラテン語で書かれ、ライプツィヒから出版されたが、ただちに英仏をはじめとする主要なヨーロッパ語に翻訳された。それほど評判を呼んだのであろう。ラテン語の原題はNicolai Klimii Iter Subterraneumである。これもまた、十八世紀の先駆的なSFと考えられてよい十分な理由をもった作品である。

足穂さんが言及している部分を、次に私の訳筆によってお目にかけよう。

「こうして大気中を泳ぎながら、とつおいつ考えているうちに、私は私の落下方向が、それまでの垂直運動から急に円環運動に変ったのを感じた。髪の毛が頭の上に逆立った。私はもう駄目だ、手の打ちようがないと思った。このまま自分が接近しつつある星の惑星か衛星かになってしまって、その星のまわりを永遠に廻っていなければならない運命になったのではないか、と思ったからだ。しかしよく考えてみると、星になったところで私の尊厳は少しも損われることがないのだし、このまま一個の天体になってしまおうと、あるいは一個の天体の衛星になってしまおうと、哲学者として飢えて死ぬことと大した違いはなさそうだという気がしてきた。

しかも私の浸っている純粋な大気のせいで、私は飢えも渇きも感じていないのだから、ますます勇気が掻き立てられるのをおぼえずにはいられなかった。」

「私は自分のポケットのなかに、ベルゲンの住民が『ボルケン』と呼んでいる、卵形というよりはむしろ細長いかたちをした、あのパンが幾切れか残っていたのを思い出した。私はその一切れを取出して、もしそれがまだ私の口に合うならば、思い切って食べてみようと思った。しかし歯をあてるや、すべての地上の食物がもはや私には嘔吐しか催させないことを、たちまちにしてさとった。そこで私は不用のものを捨てるように、このパンを投げ捨てようと意を決した。」

「だが、何たる不思議であろう、このパンは私の手を離れるやいなや、すぐさま大気中にふわりと浮かんだばかりか、私のまわりに輪を描きはじめさえしたのである。平衡のとれた状態に置かれた物体はぐるぐる回転するという、正真正銘の運動の法則を私が認識したのは、このときであった。」

アッシャーの好んだ本

ホルベアに『ニルス・クリムの地下旅行』という作品があることを私が初めて知ったのは、あのエドガー・ポーの『アッシャー家の崩壊』に親しむようになってからだから、もうずいぶん前のことだ。ひょっとすると旧制高校生のころかもしれない。この名高いポーの短篇のなかに次のような一節がある。

「私たちの読んだ書物――永年のあいだ、この病人の精神生活の少なからぬ部分を占めてきた書物――は、想像もつく通り、この種の幻想にふさわしいものばかりであった。二人はいっしょにグレッセの『鸚鵡《おうむ》と修道女』を、マキャヴェリの『悪魔長ベルフェゴル』を、スウェーデンボリの『天界と地獄』を、ホルベアの『ニルス・クリムの地下旅行』を、ロバート・フラッドやジャン・ダンダジーヌやド・ラ・シャンブルの『手相学』を、ティークの『青き彼方への旅』を、そしてカンパネラの『太陽の都』を夢中で読んだ。わけても愛読の一巻はドミニコ僧エメリック・ド・ジローヌの小さな八つ折判『宗教裁判法』であった。またポンポニウス・メラの著作に出てくる、古代アフリカの半獣人やアエギパン人に関するくだりを、アッシャーは何時間も夢み心地で読みふけったものである。しかし彼の最上の喜びは、四つ折判ゴシック字体の稀覯本《きこうぼん》――忘れられた教会の祈禱書――『マインツ教会合唱団による死者のための通夜』を耽読することにあった。」

さて、ここに挙げられている何点かの本のなかで、邦訳もあって日本人がごく手軽に読めるのは、マキャヴェリ『悪魔長ベルフェゴル』（杉浦明平氏の訳がある）、スウェーデンボリ『天界と地獄』、それにカンパネラ『太陽の都』ぐらいのものであろう。それでもロバート・フラッドの名前は、最近ではフランセス・イエイツの著作などによって、かなりポピュラーになってきたのではあるまいか。ジャン・ダンダジーヌなどといっても、日本ではまるで馴染みのない名前かもしれないが、十六世紀以来の手相学や人相学の世界では錚々たるものであり、私も今世紀に出た版を二冊ばかり所持しているくらいだから、アッシャーがこれを好んだとしても少しも不思議ではあるまい。その他の本については省略。

女は人類ではない？

一三一五年の一月および三月に、ボローニャ大学教授モンディノ・デ・ルッツィは法王ボニファティウス八世の禁を犯して、各一体の女の屍体を公開で解剖したことが記録に見えている。

ところで、このときモンディノはなぜ女の屍体を選んだのか。その理由は、当時、女には魂がなく、また死んでも復活するはずがないと信じられていたからだった。

当時の美術が何よりも雄弁にこれを語っていて、たとえば最後の審判の死者復活の場面で、復活するのはほとんど大部分が男である。女は男に変形復活するという説もあったようだ。

このような中世以来の女性蔑視は、ルネサンス期の人文主義者においても一向に変らなかった。マルシリオ・フィチーノはそのプロティノス評釈のなかで、自然の生殖力はつねに完全な肉体の持主たる男性を生み出そうとしている、と述べている。ときどき自然が女性を生み出すのは、両性の結合によって宇宙を完全ならしめんがためにほかならない。

バルダッサーレ・カスティリオーネもその『廷臣論』のなかで、ほぼ同じようなことを述べている。すなわち、「自然はつねに完全な作品をつくろうとするから、男しか生み出そうとはしない」と。女性の誕生は盲者や跛者のそれと同じく、偶然の結果あるいは錯誤の結果にすぎない。もっとも、カスティリオーネは婦人に対して慇懃な男だから、寛容の精神を発揮することを忘れない。理想的な宮廷人らしく、あからさまに女を蔑視したりは決してしないのである。

この連綿たる女性蔑視の伝統が頂点をきわめ、猛烈な言葉となって紙上にほとばしり出てくるのは、十六世紀ドイツの文献学者ウァレンス・アキダリウスの『女は人類ではない』というラテン語のパンフレットにおいてであろう。人類でないとすれば、女は何なのか。アキダリウスによれば、魂の欠如した「繁殖のための複雑な道具」にすぎない。別のいい方をすれば、動物の一種と考えることもできるような存在である。お望みなら、その証拠はいくらでも挙げることができる。

まず第一に、神は交合の便利のために女を造り出した。男が交合するとき、相手が四足のけものでは都合がわるいから、肉体構造において男とよく似た、女というものを神はわざわざ造り出したのである。それが女の存在理由である。

第二の理由としては、女自身がそのことを告白している。「主よ、われらは牝犬なり」と聖書のなかでカナンの女がちゃんと洩らしているではないか。

第三の理由。女が罪を犯しても、その罪は動物が犯した過ちとほとんど変らない。マグダラのマリヤは七つの悪鬼に憑かれたが、豚も同じく悪鬼に憑かれたではないか。

第四の理由。女はしばしば次のように反論する。「あたしたちはしゃべることができる。したがって、魂もあり理性もある人類にほかならない」と。この結論が間違っている。しゃべるといえば鳥だってしゃべるし、聖書によればバラムの驢馬《ろば》だって口をきく。口をきくから人類だと結論することは必ずしもできないのだ。

以上はピエール・ダルモンの『女の神話』(一九八三年)という本のなかから私が勝手に抜き出した部分である。私には、女が人類ではないことを証明するための、アキダリウスの三百代言じみた論理が非常におもしろい。

古本屋の夢

前に夢の話を書いたが、もう一つ書いておきたい。他人の夢の話を聞かされるくらい、ばかばかしいことはないのは私も重々承知しているが、ここでは多少の身勝手も許してもらえるのではないかと思っている。前に書いた夢もそうだったが、この夢も、何度となく私の見る夢なのだ。

夏のぎらぎらした陽を浴びて坂道を降りてくると、戦前の神田の古書店街のような、低い家並みのつらなった本屋ばかりの町がある。角を曲って、せまい路地に入る。私は或る古本屋をさがしているのだ。

「おかしいな。たしかこの辺だと思ったが……」

何度も同じ道を通って、うろうろしているうちに、それまで少しも気がつかなかった、間口のひろい一軒の古本屋が見つかる。

「あ、ここだ。ここだ。」

入ってみると、内部は天井が高く、がらんとしていて、客のすがたも見えない。夏の明るい陽ざしの下から急に店内に足を踏み入れたので、店内はいやに薄暗く見える。床は土が露出していて、どうもこの本屋はバラックの仮普請のようでもある。

しかし店内はおびただしい古書の山で、埃をかぶった雑書が堆く積みあげられ、とくに棚にならんだ洋書の数々は、こちらを圧倒せんばかりの壮観さである。といっても、豪華本がならんでいるというわけではなく、ごく普通の仮綴本がごちゃごちゃ目白押しに詰まっているだけのことだ。おそるおそる一冊の仮綴本を抜き出して定価を見ると、案の定、ちょっとこちらが手を出しかねるほど高い。

それでもこの夢は、私にとって決して不快なものではなく、それどころか、漠然とした渇望が満たされるような、なつかしい情緒を呼びおこす種類のものなのである。何度でも見たいと思っている。

たぶん、この夢には、敗戦直後の思い出が感覚的に凝集されているのだろうと自分で勝手に私は考えている。

そういえば、本屋でも喫茶店でも飲み屋でも、床に土の露出しているバラック造りの店が、いちはやく焼跡にぞくぞく建てられたものだが、あの印象がどうやら私の頭にこびりついているらしい。

辟易する

「すべからく」ということばが若い文筆家たちのあいだで、いかに信じがたいほどに誤用されているかということを前に指摘したことがあるけれども、とくに最近、私が気になって仕方がないのは、「辟易とする」といういい方である。むろん、正しくは「辟易する」でなければならない。形容動詞ではないから、「と」をつけるにはおよばないのである。「と」をつけるのはおかしいのである。

気をつけてごらんなさい。こんな無神経な（あるいは無知な、というべきか）ことばを平然として使っている連中が、昨今、いかに多くいることか。まったくの話、私としてもヘキエキせざるをえないよ。

レスビヤン妄想

「十九世紀の男はサッポーから多くを期待していた。父祖たちの素朴なエロティシズムは決定的に失われてしまったし、往年の栄華はすでにないし、ブルジョワの夫婦生活はやりきれないほど退屈だったから、ひとびとは日々の味気なさを引き立てるためにレスビヤンを動員したのだった。なぜならサッポーとは祭であって、正常化した世界、感覚のデモクラシーが支配を確立した世界の常態における、異常の闖入にほかならなかったからだ。それは計算し節約するあくせくした社会の中での、放蕩と浪費を意味していた。サフィスムを思い浮かべるとき、ハレム——たったひとりの男のために大勢の女がサービスする場所——は決して遠くなかったし、サフィスムとともに、大饗宴や遊蕩や感覚的浪費の幻影もよみがえったのである。」

右はジャン・ピエール・ジャックの『サッポーの不幸』(一九八一年)のなかの一節である。バルザック『金色の眼の娘』やミュッセ『ガミアニ』や、ボードレール『悪の華』の「禁断詩篇」やルイス『ビリティスの歌』をはじめとして、十九世紀のフランス文学にはサフィスムを扱ったものがきわめて多いが、この本の著者によると、それは必ずしも十九世紀に女性同性愛者が急激にふえたというわけではなく、別のところに理由がある。いま引用した部分が、その理由である。

なるほど、十九世紀以前にもブラントーム、ピエール・ベール、ディドロ、サドがいたことはいた。ただ、十九世紀の新機軸は、男の同性愛と女の同性愛とを決定的に分けてしまったことだった。こうしてソドムは沈黙と汚濁の領域に追いやられ、臨床医学と警察の手にゆだねられることになった。これに反してゴモラは、万人に公開された贅沢と淫蕩の場所になった。ヴィニーの名高い詩句「女はゴモラを持ち、男はソドムを持たん」をもじっていえば、「科学はソドムを持ち、芸術はゴモラを持たん」とでもいった状況が十九世紀とともに出現したのである。

要するに文学は必ずしも社会や風俗を反映するものではなく、かえって人間の頭のなかの妄想を反映することもある、という見地であろう。集団的妄想というべきかもしれない。サドが十九世紀の作家にひそかに読まれていたというのも、以上のごとき文脈から考えると、よく解るような気がするではないか。革命によって葬り去った十八世紀を、すべての男が無意識のなかで、なつかしんでいたのだともいえるであろう。どうも文学とは、そんな妄想のなかから芽を出すものらしい。

マルジナリア

ポーのひそみにならってマルジナリアを書いてきたが、よくよく私はリヴレスクな人間であるらしく、なんだか読書ノートみたいなものになってしまった。しかし私はこういう形式、つまり断章の形式が性に合っているので、機会があれば想をあらためて、また書きつづけたいとも思っている。

Ⅱ

アルキメデスの渦巻

アルキメデスが死んでから百三十七年後、シラクサのアクラディナに近く、だれからも忘れられて、灌木や茨の生い茂るがままになっていた土地に、ひっそりと立っていたその墓碑を、苦心の末にようやく見つけ出したのは、そのころ財務官《クワエストル》としてシチリアに赴任してきたキケローであった。このエピソードはキケローの『トゥスクルム論叢』に出ており、それによると、この墓碑にはアルキメデスが生前に希望していた通り、球に外接している円柱の図形が刻まれていたという。

私は、このエピソードがたいへん好きなのである。周知のように、アルキメデスは数学や物理学や技術の領域で、大小さまざまな発見やら発明やらをなしてきたが、どうやら彼にとっていちばん誇るに足る発見と思われたのは、この球と外接円柱の命題、すなわち球の体積および表面積は、それに外接する円柱の三分の二であるという命題だったらしいのだ。考えようによっては、これはほとんど取るに足りない、なんの役にも立たない、純理上の発見にすぎないように見えるかもしれない。しかし彼にとっては、そんなことは問題ではなかったのである。

このエピソードはまた、ただちに私をして、十七世紀スイスの数学者一家のなかのジャック・ベルヌーイに関するエピソードを思い出させる。

ベルヌーイは対数渦巻の性質を発見したのだが、この渦巻が彼にはいたく神秘的に思われたらしく、これを「驚異の渦巻《スピラ・ミラビリス》」と呼び、バーゼルの大寺院に建てた自分の墓碑にも、その形を彫り刻ませたのだった。私の思うのに、もしかしたら彼は、大先輩アルキメデスの真似をしたのではなかったろうか。じつは対数渦巻の性質に注目したのは、必ずしもベルヌーイが最初ではなく、すでにデカルトがメルセンヌ宛ての手紙のなかで論じているのだが、それはここでは問わないことにしよう。

ところで、渦巻といえば、この対数渦巻（発見者にちなんでベルヌーイの渦巻ともいう）のほかに、もっと単純な正渦線、すなわちアルキメデスの渦巻があることも周知であろう。ここでもアルキメデスが顔を出すのはおもしろい。

私は螺旋、つまり渦巻が大好きなので、たとえば毎日のごとく、わが家の便所で便器に腰かけながら、つい目の前のトイレット・ペーパーを眺めただけでも、「ああ、アルキメデスの渦巻がここにあるぞ」と思わずにはいられないのである。こんな具合に常住《じょうじゅう》坐臥《ざが》、アルキメデスの遺徳をしのんでいる殊勝な人間が、はたして私のほかに世の中にあるかどうか。

ダーシー・トムソンの『生物のかたち』を参照すれば、生物における対数渦巻の例はいくつとなく発見することができるが、わが家の応接間のサイドボードには、長径十五センチばかりのオウムガイの貝殻が二つ飾ってあるので、私はまた、アルキメデスの渦巻だけでなく、対数渦巻の実例にも年がら年中お目にかかっているというわけだ。私の螺旋好きというのは、要するに、こういうことなのである。

レオナルドもガリレオも、ラテン語に翻訳されたアルキメデスの著作を夢中になって集めていたらしい。とくにレオナルドは、タイプからいってもアルキメデスに近い人間だったと思われるので、特別の親近感をいだいたのではなかったろうか。そんなことを私は漠然と想像する。

パドヴァの石屋

ヴェネツィアからブレンタ運河沿いに車でパドヴァまでやってきて、街のなかをぶらぶら歩いていたら、大きなショーウィンドーに美しい石をたくさん並べている店があったので、思わずドアを押して店のなかへ入ってしまった。石といっても宝石細工なんかではなく、むしろ鉱物といったほうがよいような、いろんな種類の原石や結晶体である。化石もある。科学博物館の陳列室みたいで、私はこういう雰囲気が大好きだから、眺めているだけでも楽しいのである。

店の主人はプロフェッサーみたいな風格のある老人で、私が入ってきたのを見ると、顔をあげて軽く会釈して、それからふたたびうつむいて新聞だか雑誌だかを読み出した。店内はしずかである。すでにヴァカンスで、うだるように暑い夏の午後のことだから、表の人通りも途絶えがちで、こんな店に飛びこんでくるような酔狂な観光客はめったにいないのである。

私はその店で、しばらく時間をつぶして目の保養をしてから、まず直径五センチばかりの黒々としたアンモナイトの化石を一つ買い、それから小さな楕円形のトスカナ石を一つ買った。

正式になんというのか知らないので、かりに私がトスカナ石と呼んでおくことにする。ロジェ・カイヨワはPierres-aux-masuresあばら屋石と呼んでいるが、これも正式の呼称ではあるまい。イタリアでは風景大理石などとも呼ばれているようだ。

どんな石かというと、すべすべした灰色の表面に、濃淡のある茶褐色の模様がついていて、その模様が廃墟、塔やピラミッドのある崩れ去った都市のようにみえるのだ。トスカナ地方、とくにフィレンツェ付近の地層から出る大理石の一種で、昔から愛好家がすこぶる珍重してきたものらしい。

私はそれまで写真で見たことしかなかったのだが、このとき、パドヴァの石屋で初めて実物を見て、なるほど、これは奇妙なものだわい、とつくづく思った。小さな楕円形の石の表面にあらわれた斑文は、一つとして同じものがなく、千差万別の複雑な形状を示しているのだが、そのいずれもが廃墟を思わせて、塔だの、城砦だの、鐘楼だの、あるいはオベリスクだのを、灰色の地の上に鮮やかに浮かび上らせているのである。

塔の多いサン・ジミニャーノの街を遠望したような感じのものもある。万里の長城を思わせるものもある。カフカの城というのはこんな感じではあるまいか、と思わせるものもある。自然の気まぐれな創造とでも考える以外に、この偶然に生じた形状のふしぎさを説明することはできない。

私はゲーテの『イタリア紀行』と逆のコースを通って、ヴェネツィア、パドヴァ、ヴィチェンツァと旅をつづけていたわけであるが、はからずもパドヴァの石屋でトスカナ石を見つけて、なんだか自分がゲーテになったような気分になったものだ。というのは、ゲーテも石や鉱物が大好きで、それらを採集しながら旅をつづけていたからである。

もっとも、私の場合は単に石屋で石を買っただけのことだから、とても採集などとはいえた義理ではなく、これをゲーテの自然探求に擬するとは、不遜もはなはだしいと一笑に付されるかもしれない。そういわれれば一言もない。

ゲーテはブレンタ運河を乗合船に乗って、パドヴァからヴェネツィアまでゆるゆると航行したのである。水門によって運河をくだるので、船は途中、何度も停止しなければならない。そのたびに陸へあがって、両岸に並び立つヴィラや庭園を見物したらしい。

かねてから『イタリア紀行』に親しんでいた私は、ゲーテの真似をして、このブレンタ運河をぜひ船でさかのぼりたいと念願していたのだったが、ヴェネツィアのホテルから乗りこんだ水上タクシーは、残念なことにローマ広場までしか私たちを運んではくれなかった。

それでも車から眺めた運河の両岸には、いかにもヴェネツィアの貴族が好んで滞在したらしい、大小さまざまなヴィラが並び立っていて、目を楽しませること限りなかった。

まず私たちは、パッラーディオ設計のヴィラ・マルコンテンタをたっぷり楽しんだが、これについては別の機会に書くこともあろうから、ここではふれないでおく。

このあたりはなぜヴィラが多いのだろうか。それは私のような素人にもよく分る。ヴェネツィアは気候がわるく、湿気や暑気で堪えがたいので、このあたり、緑が多く葡萄畑があって、いかにも土地の豊かさを感じさせる一帯に、貴族たちは争って別邸を設けたのである。

古びて廃屋になっているヴィラもあり、また新しく修復されたらしいヴィラもあるが、おそらく、それらはゲーテの時代とそれほど変っていないのではないか、と思われた。門の柱の上には必ず彫像が立っている。運河の水は流れるともなく流れている。橋は跳ね橋で、船が通るたびに橋板を跳ねあげる。これらもゲーテの時代のままであろう。

河岸にはポプラや柳の樹が茂って、涼しげな影を落している。「実り豊かな、生命にあふれた、活気ある世界」とゲーテがいっているが、まさにそんな感じがする。

そろそろパドヴァに着くかと思われるころ、運河沿いに並んでいるヴィラのなかでもいちばん広大だと運転手の説明する、ストラのピザーニ荘の前にきた。ここでも車を止めて、ひとわたり見物したが、どうやら私の見るところ、マルコンテンタ荘の華麗さには及ばないようだった。

その後、私はヴィチェンツァでもパッラーディオ作品をたくさん見て、いよいよゲーテの後塵を拝する仕儀とはなった。もっとも、それは最初から予定の行動で、私はわざわざ後塵を拝するためにイタリアへきたようなものなのだから仕方がない。

パドヴァの石屋の主人は、トスカナ石を小さな黒い袋に入れ、黄色いシールで封印してくれた。

必ずしもゲーテのような自然の探求者のみが、トスカナ石を求めるのではなく、恋人同士のしゃれた贈物としても、それは大いに利用されるのであるらしかった。

それにしても日本に、パドヴァの石屋のような雰囲気の店がまったくないのは、どういうわけだろうかと私は考えざるをえない。クルティウスのいわゆるファウナ型とフローラ型のほかに、もう一つ、ペトラ型というのを設定するとすれば、さしずめ中国の神仙などは、ペトラ型を代表しているような気がするのだけれども。

イソッタの墓

去年の七月十七日、私は宿泊中のボローニャのホテルからリミニへ足をのばした。電車は九時十三分発リミニ行。ボローニャからイモラ、ファエンツァ、フォルリ、チェサナと数えて、リミニは五つ目の駅である。十時四十五分着。

ただちに駅から歩いて十分ばかりのところにあるテンピオ・マラテスティアーノを訪れた。どうやら修理中らしく、正面扉口の外側に足場が組んである。しかし観覧には差支えないようだった。

私がリミニへ行ったのは、むろん、このマラテスタ家の霊廟に特別の関心があったからである。古くはブルクハルトの『イタリア文芸復興期の文化』にも出てくるように、マラテスタ家のシギスモンドは極悪非道の人間として知られた十五世紀の傭兵隊長《コンドテイエーレ》であったが、その反面、情熱的な芸術愛好家で、新プラトン哲学の信奉者で、建築家アルベルティに委嘱してテンピオを改築し、テンピオの内部に、その愛人イソッタを葬るための奇抜な墓を造営した。このイソッタの墓を私は見たかったのである。

当時のローマ法王ピウス二世が「キリスト教の教会というよりも、むしろ悪魔礼拝の寺院かと思われるばかりに異教的な要素にみちている」とはげしく非難したように、実際、このテンピオは私が見ても、おびただしい付け柱の浮彫りといい欄干の透彫りといい、教会らしい抹香くささが微塵もなくて、どこまでも闊達なルネサンス人の美意識がそこに反映しているように思われた。

内陣に向って右側の、入口に近い最初のシャペル（祭室）にシギスモンドの墓があり、二番目のシャペルにイソッタの墓があった。イソッタの墓は、二匹の象の背に支えられた石棺が、あたかも宙吊りになったかのように、壁の高いところに取りつけられているという、考えられるかぎりの奇抜な形式のものであった。

しかも、その石棺の上方の壁には、イソッタとシギスモンド両人の頭文字、IとSを組み合わせた花文字のある楯形紋章だの、王冠と兜だの、翼のある双頭の象の装飾だのが付属していて、いよいよバロック趣味をきわめているのである。

このIとSを組み合わせた花文字は、マラテスタ家の紋章である象の装飾とともに、テンピオ内部のアーチにも、欄干にも、付け柱にも、いたるところに刻まれていた。この霊廟がシギスモンドの自己顕示、自己讃美のための建造物であることは、これによっても明らかであろう。

法王が怒ったのも無理はないという気が私にはしたものだ。

ここでちょっと説明しておくと、シギスモンドは一四三四年、十七歳のとき、フェララ侯エステ家の娘ジネヴラと結婚したが、一四四〇年に彼女を毒殺している。次いでフランチェスコ・スフォルツァの娘ポリッセナと再婚したが、彼女もまた、夫に顧みられず修道院に閉じこもって暮らしているうち、一四四九年、夫の送った刺客に絞殺されている。この二番目の妻と結婚した当初から、シギスモンドは当時九歳になったかならないかの美少女イソッタ・デリ・アッティと知り合い、人目もはばからず彼女を溺愛するようになったという。

九歳だからといって、それほど驚くことはあるまい。最初の妻ジネヴラは結婚当時十五歳だったし、二番目の妻ポリッセナは十四歳だった。イソッタは十三歳でみごもったという。みんなローティーンなのである。

なんとも奇怪なのは、シギスモンドがテンピオの内部にイソッタの墓を造らせたとき、二番目の妻ポリッセナはまだ生きており、イソッタ自身もせいぜい十二、三歳だったということだろう。

いかに夫から疎んじられているにせよ、正式の妻をさし措いて、単なる情婦にすぎない女の子のために豪華な墓を造り、しかも、それをマラテスタ家の先祖伝来の霊廟の内部に設置するとは、横紙破りもはなはだしいといわねばならぬ。シギスモンドが若い愛人の懇願を容れて、ようやく彼女と結婚する気になったのは、この墓を造ってから十一年ものちのことなのである。

イソッタと結婚してのちも、シギスモンドはヴァネッラ・ディ・ガレオットという十三歳の少女を情婦にしたりして、必ずしもイソッタに対して不断に忠実ではなかったらしいが、この美しく聡明な愛人は彼にとって、いわば永遠の恋人のようなものだったのであるまいか。ともかくテンピオの内部に、あれほどおびただしく刻みつけられたIとSの花文字を見ていると、これはどうも、ただごとではないという気がしてくるのである。

それにしても、なお依然として理解に苦しむのは、なぜ若い愛人の墓を早々と造らねばならなかったのか、ということだ。もしそれが愛情の表現だったとすれば、やはり奇怪な愛情といわねばならぬだろう。

この謎のような性格の男、残忍好色とプラトニズムを併せもった、シギスモンドという人物に傾倒している文学者もいる。たとえばモンテルラン。彼は史劇『マラテスタ』を書き、そのなかにイソッタをも登場させている。また、たとえばエズラ・パウンド。彼は『カントーズ』の第八篇以下に、シギスモンドのテンピオ建設のことを歌っている。

モンテルランの語るところによると、シギスモンドは臨終のとき、神に祈るでもなく、また最愛のイソッタの手を握るでもなく、ただ伝記作者を枕頭に呼び寄せて、こういったという。

「わしについて書かれた文章を、きみは残らず集めていることだろうね。わしへの讃辞は洩れなく書きとめてくれよ……」天国も地獄も信じなかった彼は、歴史に残る死後の栄光だけに飢えていたのである。

テンピオにはピエロ・デラ・フランチェスカの壁画があるはずで、私は方々をさがしてみたが、どうしても見つからない。あきらめかけたところへ番人みたいな男がきたので、つかまえて訊《き》いてみると、男は第一の祭室と第二の祭室のあいだにある、扉のしまった聖遺骨室を鍵であけて、私たちを中へ入れてくれた。ふり向いて見あげると、扉の上の、暗い光のなかに、まぎれもないピエロの特徴的な横顔が浮かびあがった。

保護聖人の前に膝まずくシギスモンド・マラテスタの図である。かたわらに二匹の犬がいる。ただし剝落《はくらく》がひどく、「ああ、ピエロだな」と思う程度のもので、それ以上の感銘は望むべくもない。それでも私はシギスモンドの顔をそこに認めて、満足したと申しあげておこう。

サロニカ日記

六月二十四日

テサロニキ着。空港から車で通り抜けた街に合歓《ねむ》の樹多し。薄桃色の花をいっぱいつけている。しかし日本の合歓とはどこか違っていて、たとえ雨に濡れたとしても、とても西施には見えそうもない感じだ。

窓から海、港、碇泊している船、林立するマスト、遠くに霞む山々が見える。燕がたくさん飛んでいるが、これも日本の燕とはいささか違って、尾に燕尾服のような深い切れこみがなく、全体にずんぐりしている。野暮ったい燕だ。

風呂にはいり、ビールを少し飲み、冷素麺を食うと、たちまち眠くなって寝る。

六月二十五日

考古博物館を見る。ローマの石棺、ギリシアの大理石彫刻、それも一部欠損したものが多い。特別室みたいなところに、最近ヴェルギナにて発掘されたマケドニア時代の遺品が展示されていて、これが目玉になっている。一見して驚いたのは金の細工物が多く、なんとなくスキタイ文化を連想させることである。ギリシアといっても北方ギリシアで、トラキア地方にごく近いので、スキタイとは縁つづきなのではないかと、これはもとより素人考えだ。カタログと絵葉書を買う。

ディミトリオス教会。クリプトあり。ギリシアの円柱みたいな柱が内部にならんでいる、いわばバジリカ会堂の一種なのであろう。

ハルケオン教会。窓に円い孔《あな》がぽこぽこあいているのが特徴的だ。小ぢんまりしていて周囲に花壇があって、好ましきふぜいなり。

道を歩くとおそろしく暑い。日射しが強く、まるで熱帯である。夾竹桃《きょうちくとう》、合歓、そのほか色とりどりの花が公園に咲いている。フォロ・ロマーノみたいな遺跡はすでに夏草に覆われている。小さな円形劇場跡あり。

ホワイト・タワー。物見櫓のように海に向って立っている。このあたり、海岸につづく公園になっており、ちょうどひとびとが昼寝《シエスタ》をとる時刻ゆえ、人影も少なく、観光客らしき外国人がぶらぶら散歩しているのみ。

アリストテレス広場のタヴェルナで昼食する。ビールにワイン、それにカラマラキア（烏賊）、南瓜の揚げたもの（これが意外にうまく、たくさん食べた）、車海老の揚げたもの。街はがさがさしていて、あたかもスペインのごとし。キオスクで雑誌を売っているが、せいぜい水着すがたの女の表紙で、ポルノはまったくないようだ。

家（妹夫婦の家である）に帰ってシャワーを浴びる。それから妻と二人でちょっと近所へ葡萄酒を買いに行く。バンボラ・ネラ（イタリア語で「黒い人形」の意）という店。ワインでもヴァインでもヴァン・ルージュでも一向に通じなくて、最後にヴィノ・ロッソといったらやっと通じた。あとで気がついたらイタリア人の店だった。ところが葡萄酒はぜんぜん店に置いてなくて、チンザノではどうかというので、それは断わる。結局、ウィスキーのバランタインを一本だけ買う。

六月二十六日

朝は薄曇りだが、昼近くなるとともにかんかん照りになるというパターンは連日のこと。今日もまた、おそろしい暑さである。

まず近所で買物をし、それから旅行社と銀行へ寄る。旧市街の城壁のある山の上へ行ってみる。海が見える。サロニカは一九一七年の大火で市街全滅した由。トルコ人が住んでいるとかいう白いモルタル塗りの小さな家々が、山の斜面にびっしりへばりついているところは、南イタリアあるいは中近東の都市に似ている。その白い家々のあいだの細い坂道を降りる。昼顔が咲き、無花果が実をつけている。

市街へ出てから、探しあてた一軒のタヴェルナへはいるが、あんまり炎天下を歩きまわったので、椅子にすわると同時に汗が一時に噴き出して、ちょっと気分が悪くなる。しかしそれはすぐ直った。ハンバーグみたいな挽肉のステーキを食べたが、これが意外にうまくて満足する。タクシーを拾って家に帰る。それから昼寝をする。夜は客人あり。十二時すぎまで喋る。S君（妹の亭主）ギリシア人の国民性をあげつらって倦むことを知らず。

六月二十七日

朝、アパートの上階で絨毯をばたばた叩く音で眼がさめる。建築現場で鉄骨でも打っているのかと思ったほどだ。妹がギリシア語で「うるさい！」とどなって止めさせる。それからまた眠って十時ごろ起きる。

S君運転のフィアットでマケドニア王国の古都ペラの遺跡を見に行く。テサロニキから北西へ三十八キロ。

工場地帯を出はずれると、だんだんギリシアらしい田舎の風景になる。ノウゼンカツラのようなオレンジ色の花。合歓の花。柳の樹。ポプラの樹。オリーヴは意外に少ない。だんだん山が近くなる。つい山の向うはユーゴスラヴィアだそうだ。川があって橋を渡る。ペラの遺跡は閉まっていて、四時から開けるというので、その前にヴェルギナを見に行くことにし、途中の村で食事をする。

ヴェルギナまで約五十キロ。発掘の現場を柵の向うに眺め、さらに近くのマケドニア時代の墓を見に行く。土に埋もれた、円柱のあるフロントのついた墓。マケドニアの王はすべて、この地に埋葬されたらしい。花の咲きみだれた草原。

次にヴェルギナの宮殿跡。掘り出された円柱の断片や大理石の石塊がずらりと並び、そのあたりは高低があって、かつては美しい庭園であったと想像される。ヴェルギナはすでに山地にかかっていて、車は傾斜面をのぼるのだ。午後の暑いさかりで、だれもいない。しんと静まりかえっている。

ふたたびペラにもどって、まず美術館を見る。すばらしいモザイク。仏文の案内書を求める。遺跡にもモザイクあり、列柱あり、水路の遺構あり。

日射しは夕暮とともに次第に衰える。しかし六時七時になっても一向に暗くならない。九時まで明るい。

車窓から、おもしろいものを発見した。交通事故で死んだひとの霊を慰めるための小さな堂が、沿道にいくつとなく立っているのである。小は郵便ポストみたいな簡単なやつから、大は堂々たるキオスクみたいなやつまで、ありとあらゆる種類のものがある。日本ならばさしずめお地蔵さまといったところであろう。

ギリシア旅行スナップ

去年の六月から七月にかけて半月ばかり、私はギリシアに滞在していた。そのときのことを思いつくままに書いてみたい。

まず私が日本から飛行機で着いたのは、ギリシア北部マケドニア地方の主都であるテサロニキだった。マケドニアといえば、だれでもすぐアレクサンドロス大王の名前を思い浮かべるだろう。事実、ここの美術館や付近の遺跡には、古代マケドニア帝国の繁栄ぶりを偲ばせるものが多いのである。私は、テサロニキから北西へ三十八キロのところにあるペラ、また西へ五十キロのところにあるヴェルギナの遺跡を見に行ったが、いずれも興味ぶかいものだった。

しかし、ここではテサロニキから約八十四キロ離れた、ハルキディキの海水浴場へ行った時の話を書こう。

地図を眺めると、エーゲ海の北のどんづまりに、三本の指をのばしたような、奇妙な形の半島が見つかる。女人禁制で名高いアトス山の修道院があるのは、この三本指のいちばん東側の一本の突端である。私が行ったのは、この三本指のいちばん西側の一本で、エーゲ海のなかのカッサンドラ湾にのぞんだネア・フォケアという海水浴場だった。

ギリシアの夏は猛烈に暑い。日中はしばしば四十度を超えることもある。私たちはテサロニキから車で、海岸沿いに山や谷のある荒地のあいだの道を南に向って走った。黒い山羊の群が草を食んでいる。教会の塔の上にコウノトリが巣をつくって、いつも塔の上に一本脚でじっと立っている。途中、そんなおもしろい風景が車窓から眺められた。

ネア・フォケアの海岸は、ちょっと西伊豆を思わせるような感じで、松の木のはえた斜面を降りてゆくと、岩場のある小さな砂浜がひらけている。先客が幾組かいる。泳ぐのには絶好で、水のきれいなことといったら、日本では考えられないほどであった。

その後、私たちはアテネから飛行機でクレタ島へ飛んだ。

クレタ島といえば、いかにも小さな島みたいな印象をもつひとがいるかもしれないが、ヘラクリオンの空港からそのままホテルへ直行してしまうと、島にきたという感じはまったくしない。面積はずっと小さいが、東西に細長く延びているクレタ島は、日本の四国とほぼ同じくらいの長さだからである。

この島にも、海水浴にきた若い男女がいっぱい群れていた。夜まで広場で騒いでいる連中がいる。昼間は暑いので、男はみんな半裸体になって街を歩いている。なんだか土人の国へきたような感じである。もしかしたら、古代のギリシア人たちもこんな恰好をしていたのかもしれないな、と私はふっと思ったものだ。

着いた翌日、私たちはさっそく目的のクノッソス宮殿跡をめざした。ギリシア神話に出てくるクレタ島の迷宮というのが、この宮殿だといわれているのである。

オリーヴや葡萄の樹のはえた丘陵に取り巻かれた、小さな丘がクノッソス宮殿跡で、まわりの丘陵よりやや低いので、ここは盆地状に見える。松の樹がたくさんあって、セミの鳴き声がする。もっとも、日本のセミのように景気のいい鳴き声ではない。

炎天下に遺跡を見て歩くのは、さぞかし大変だろうと覚悟をきめていたが、高低のある丘を上ったり下ったりしながら、うねうねと曲りくねった宮殿跡の部屋部屋を見てまわるのは、案に相違して非常におもしろかった。思いがけないところに壁画があって、目を楽しませるのである。丘の上に立つと、涼しい風も吹いてくる。

夜、アテネの外港ピレウスに、魚料理を食べに行ったこともあった。

海岸通りに魚料理の店がずらりとならんでいて、しきりに呼びこみをやっている。店頭には貝、イカ、エビ、タコ、それに各種の魚が陳列してある。私たちは岸壁の近くの野天で、もやっているヨットや、はるか向うのアテネの街の灯を眺めながら、白ワインを飲みつつ食事をした。いい気分だった。

エーゲ海の島めぐりをするには、このピレウスから出発するのである。島めぐりをする余裕はなかったので、私たちはここからドルフィン（水中翼船）でエギナ島へ渡った。

エギナ島は、ピレウスから目と鼻の先にある島で、サロニカ湾のまんなかにどっしり腰を据えているといった感じである。ドルフィンで海上を疾駆すれば、わずか三十五分で着いてしまう。ここでも、ヴァカンスを楽しむひとたちが、家族づれで海水浴をしているのが眺められた。私たちはしばらく海岸のカフェテラスでビールを飲みながら、海のなかではしゃいでいるひとたちをぼんやり見物していた。

それからタクシーに乗って、島の反対側の山上にあるアファイア神殿を見に行った。ミュンヘン彫刻館にある破風群像によって美術史上に名高いドリス式の神殿である。

タクシーは島を横切って、白壁の民家のあいだや緑の樹々のあいだを走る。さんさんたる太陽のもとで、ピスタチオの樹がいっぱい実をつけている。これは島の特産なのだそうだ。うねうねと曲りくねった坂道をのぼってゆくと、山腹に教会が見えたりして、じつにいい風景である。やがて運転手の指さすほうを眺めると、はるかな山頂に円柱のならび立っているのが見え出した。

車は迂回して傾斜面をのぼる。切符売場と売店があるにはあるが、あんまり観光客はいない。こんな真夏のかんかん照りの日中に、わざわざ神殿を見に行く物好きな観光客は少ないのであろう。ひとは午後の昼寝をしているか、それとも海で遊んでいるか、どちらかなのである。

しかし、この炎天下にしんと静まりかえった、ほとんど観光客のすがたの見えないアファイア神殿は、まことにすばらしかったと私はいまでも思っている。

たとえばアテネのアクロポリスなどは、数年前までは大理石の遺構の上に勝手にのぼることもできたのであるが、いまでは大気汚染で崩壊の恐れがあるため、柵が設けられて遺構のなかは立入り禁止になっている。そうでなくても観光客の群がる喧噪のなかで、あわれにもアクロポリスは気息奄々としているように見える。

ところでアファイア神殿では、もちろん大理石の遺構の上にのぼることもできるし、林立する円柱のあいだを自由に歩きまわることもできる。目の下には、見渡すかぎり青い海がひろがっているし、海のほうから涼しい風が颯々と吹きわたってくる。白昼の静寂《しじま》のなかで、ときどき聞こえてくるのはセミの声だけだ。ここは大気汚染などとは、まるで縁がないのである。

アテネのまんなかのアクロポリスなどではとても味わえない、ゆったりした気分で大理石の円柱と対話を交わすこともできそうな、そんな気分になってくるのである。

デルフォイへは、宿泊中のアテネのホテルから観光バスに乗っていった。ホテルのロビーで待っていると、バスがきて拾ってくれるのである。

変りばえもせぬギリシアの風景のなかをバスはすすみ、次第に峨々たる禿げ山のそそり立つ地方にくる。テーベのあたりを過ぎるとき、案内嬢がオイディプス神話を英語、仏語で解説するのがおもしろかった。

その日は薄曇りで、連日の暑さはいくらか和らいでいた。山間地方にくると、バスのガラス窓に雨がぱらぱら当たって、すぐまた止んだ。右手に、ギリシア神話で名高いパルナッソス山が見えはじめる。雪をいただいた白い山で、上のほうは雲にかくれている。

アポロン神殿に着く。かなり観光客が多く、ごったがえしていて、バスが着くたびに、各ツアーのグループが一団となって下から登ってゆく。英語を話すグループもあれば、ドイツ語を話すグループもある。日本人の一団もきていて、ガイドが日本語で説明している。まるで人種の国際見本市である。

私たちのガイドは、ギリシア人の若い娘さんであるが、とくに熱心で説明が長い。ほかのグループがどんどん通り過ぎてゆくのに、彼女はさながらエクスタシーにおちいったアポロン神殿の巫女《みこ》のごとく、うっすらと顔を紅潮させて説明をつづけている。いい顔だな、と私は思った。

圧巻というべきは、やはりいちばん高いところにある劇場跡から、下のほうにひろがるアポロン神域一帯を見おろした眺めであろう。私は石の腰掛けにすわって、長いこと眺めていた。遠くには山また山が重なって、そのあいだを、いま私たちがバスで通ってきた道が一本、えんえんと延びている。ここは深い深い山の中なのである。そんなことを、いまさらのように感じたりする。

いかにもイギリス人らしい、ちょび髭をはやした老紳士が、劇場跡の石段に片足かけてポーズをとって、カメラのシャッターを押してくれと私に頼んだ。

あとでホテルにおける昼食のとき、私たちはこの紳士を誘って同席したが、その語るところによると、彼はマルタ島生まれで、現在は南アフリカのケープタウンに住んでおり、奥さんが飛行機恐怖症なので、自分ひとりで旅行しているのだということだった。ヘルメットでもかぶったら似合いそうな、半ズボンの粋な老紳士である。

旅をしていると、いろんな人物に出遭うのがおもしろい。

サン・タンヌ街の女の子

去年の七月十九日には、ボローニャのホテルで六時半に目をさました。どうしてそんなことをおぼえているのかというと、私は外国旅行中、きまって日記をつけているからなのである。その日記帳をひっぱり出して、私はいま、この文章を書いているというわけだ。

さて、異例の早起きをして、七時にホテルで朝食。それから八時十分発のヴェネツィア行きの電車に乗り、ヴェネツィアの一つ手前のメストレという駅で降りて、タクシーでマルコ・ポーロ空港へ直行した。飛行機でパリへ飛ぶためである。

一時四十五分発のエール・フランス機が約一時間おくれて、ようやく二時半ごろに出発。アメリカ人の団体客のあいだに混って機内食。約一時間半を要してシャルル・ドゴール空港着。荷物を受けとって、一緒にイタリア旅行をしたパリ在住のイラストレーター堀内誠一夫妻と別れ、ただちにタクシーで、予約してあるサン・タンヌ街十番地のホテルに向った。

すでにヴァカンスで、おまけに日曜日ときているので、パリの街々はどこもひっそり閑としている。それでもオペラ通りのあたりにくると、日本人をふくめた観光客のすがたが目立って多くなる。夏の日曜日。しずかなパリというのも、いいものである。

どういうものか、旅の終りをパリで過ごすということが、私には何度かあった。このたびの旅行も、まず最初はギリシア、それからヴェネツィアへ飛んで、イタリアの町々を歴訪してから、最後にパリへきたというわけである。パリへくると、なんとなくほっとするような気分になるから妙である。

その晩、私たちはさっそく日本料理店へ行った。たまたま日曜日で、どこのレストランも閉めているので、ほかに開いている店がなかったという事情もあったし、またイタリアでスパゲッティにいささか食傷気味になっていたので、久しぶりに米の飯を食べたかったという事情もあった。私たちは日本酒を飲み、ほうれん草のおひたし、なめこおろし、鳥の龍田揚げ、塩鮭などを賞味した。

朝、バゲットと紅茶を部屋に運んでもらうことができるのも、パリならではの贅沢であろう。今度の旅行では初めてである。そんなことも、パリを親しいものに感じさせる一つの原因なのだった。

このホテルで、私はおもしろいことに気がついた。

サン・タンヌ街というのはオペラ通りからちょっと曲ったところだが、ホテルの窓から見おろすと、道の向う側にイルミネーションのついたバーか、それともクラブのような店の入口が見える。夜がふけてくると、そこへ自動車が何台もきて止まる。三々五々、歩いてくる客もいる。男同士のカップルが目立って多い。ひとりでくる男もいる。大抵はまっすぐに、ここをめざしてやってきて、なんの躊躇もなく、入口のドアを押す男たちばかりである。常連なのであろう。

おそろしく派手な恰好をして、化粧しているらしい美青年もいれば、明らかに女装しているのが分る男もいる。入口にはいつも店のマネージャーみたいな男が立っていて、やってくる客と親しげに握手を交わしている。

いくら勘のにぶい私でも、これがホモセクシュアル専用のクラブであることは、見ているうちにすぐ分った。明けがたまで客の出入りが絶えないところを見ると、ずいぶん繁昌しているらしかった。

お断わりしておくが、私は明けがたまでずっと窓から外をのぞいていたわけではない。いくらなんでも、それほど好奇心は強くないつもりである。たまたま明けがた近く、尿意をおぼえてベッドから起きあがったとき、ふとカーテンを分けて窓の外をのぞいてみたら、まだ店の前に男たちのたむろしているのが見えたというだけのことである。

このサン・タンヌ街には、パリで「イリフネ・デフネ」という日本語の新聞を出しているべルナール・ベローさんの事務所もある。小さな図書館みたいに日本の出版物を揃えていて、ちょっとした情報センターのような役割をはたしているので、いつも日本人の若い旅行者がそこに集まってきている。ベローさんは永く日本にいたことがあるので、日本語はぺらぺらだ。奥さんも日本人である。

私がホテルの前のクラブのことを訊《き》いてみると、ベローさんは笑って、

「ああ、このあたりはホモの集まる場所として有名なんですよ」

「へえ。それじゃベローさんもクラブへ行きましたか」

「いや、ぼくはまだ行ったことないけどね」

たしかに、そういわれてみれば、このあたりは妙にあやしげな雰囲気のあるところで、このホモ・クラブの隣りの建物の入口には、夕方から夜にかけて、扉の前にいつも女の子が三人立っており、いつもなにかやって遊んでいるのである。まだ小学生か中学生ぐらいの女の子が夜まで道で遊んでいるのは、なんだか変である。それともヴァカンスなのに、彼女たちは山にも海にも連れて行ってもらえない、かわいそうな女の子たちなのだろうか。

パリにはバルテュスという、どことなくエロティックな雰囲気をもった少女の絵ばかり描いている画家がいるが、私には、この縄とびをしたり、追いかけっこをしたりして遊んでいる三人の女の子が、なんだかバルテュスの絵のなかの人物のように見えて仕方がなかったのである。

それは私の思いすごしだったろうか。

オッフェンバックの目

フローベールの『紋切型辞典』に、次のような奇怪な記述がある。訳文は山田爵氏のものを借りる。

「オッフェンバック　この名を耳にしたら、右手の指二本を合わせて呪いの身に及ぶのを防ぐべし。」

「宿命な宿命的な男とは、その目に見込まれたらおしまいという、不吉な男のこと。オッフェンバックは宿命的な男である。」

ドイツ生まれのユダヤ人たるオッフェンバックが、パリで華々しい成功をおさめたのは第二帝政の時代であるが、そのころ、パリの文人たちのあいだには、この音楽家がいわゆる「邪視」の持主だという噂が、かなり広範に流布されていたようである。このことを頭に入れて読まなければ、前に引用したフローベールの文章は意味不明であろう。

邪視とはなにか。簡単にいえば、その目でにらまれたら、にらまれた者に禍いが起ると信じられていた、恐るべき視力のことだ。邪視の信仰は、昔から世界各地にあったらしい。ここで私が考証してもよいが、このテーマは南方熊楠のお気に入りで、彼が何度も書いているようだから、興味のある方は南方全集をひっくり返してほしい。

それよりも、むしろ私がここで問題にしたいのは、なぜ文明のすすんだ十九世紀中葉のパリで、邪視などというばかばかしい迷信が、インテリたちのあいだで取沙汰されていたのであろうか、ということである。

しかも、それが事もあろうにオッフェンバックという、げんに生きている高名な音楽家に擬せられるとは、ますますもって奇怪至極としかいいようがないではないか。いったいどういう理由で、オッフェンバックは邪視の持主ということにきめられてしまったのであろうか。

なるほど、たしかに肖像画や写真で見ると、このユダヤ人の音楽家は、ちょっとばかり不気味な面貌をしている。異相といってもよいだろう。額がひろく禿げあがり、髪の毛がふわふわと持ちあがって、その特徴的な鼻眼鏡の奥に見える目は、なにか嘲笑的な色を帯びているような感じですらある。写真家ナダールの撮った写真があるが、その一枚なんか、こちらに先入観があるためかもしれないが、とくに私には不気味に見える。

しかしだからといって、この音楽家を邪視の持主だときめつけるわけにはいくまい。そもそもオッフェンバック=邪視説を流したのは、どこのだれだろうか。

このことについて、私は残念ながら十分なデータをもっていない。手持ちのいくつかの資料にあたって調べてみたが、実際のところ、どうもよく分らないのである。ただ、音楽家を邪視の持主ときめこんで、ひたすら彼をこわがっていた連中のひとりに、あの作家のテオフィル・ゴーティエがいたというのは事実のようだ。

もしかしたら、オッフェンバック＝邪視説を流したのはゴーティエだったのではあるまいか。ゴーティエが非常な迷信家で、テーブルの上の塩壺がひっくり返っただけでも大騒ぎをするような人物だったということは、彼の娘ジュディット・ゴーティエやエミール・ベルジュラの回想によって知ることができる。その迷信家の彼がもっとも恐れていたのが、じつは邪視だったようである。

ゴーティエは、音楽家としてのオッフェンバックの才能を十分に認めてはいたものの、彼が指揮をする劇場には絶対に足を運ばないようにしていたらしい。また彼は晩年にいたるまで、新聞や雑誌に劇評や音楽評を書きつづけたが、オッフェンバックの名前はついに一度も筆にしたことがなかったという。筆にするだけでも、禍いが身に及ぶのではないかと不安だったのであろう。

一八六三年、タリオーニの弟子の二十一歳のバレリーナ、エンマ・リヴリが舞台の上で悲惨な死をとげたのも、ゴーティエの信ずるところでは、オッフェンバックの邪視のためだったのである。

エンマ・リヴリはパリのオペラ座で、オッフェンバック作曲のバレエ「蝶」を踊って、華々しくデビューした有望な新人だった。輝かしい将来が彼女の前に約束されていると、だれしも信じて疑わなかった。

しかるに三年後、「ポルティーチの啞娘」の稽古をしているとき、突然、彼女のテュテュに照明の火が燃えうつり、わずか数秒で彼女は火だるまになってしまったのである。この事件はゴンクールの日記にも記述されているように、当時、パリ市民に大きなショックをあたえたもののようである。

といっても、この事件をオッフェンバックの邪視のせいだと考えた人間は、パリ広しといえども、おそらくゴーティエのほかには一人もいなかったのではないだろうか。

私はナダールの大判の肖像写真集を机の上にひろげて、いま、この文章を書いているところであるが、この十九世紀の写真家によって撮影された、一癖も二癖もある芸術家たちの顔をつくづく眺めていると、必ずしも邪視の持主はオッフェンバックばかりではないのではあるまいか、という気がしてくるほどである。それほど、彼らの顔は一つ一つ個性的なのである。

ボードレール、ゴーティエ、バルベー・ドールヴィリー、デュマ、トゥルゲーネフ、ジョルジュ・サンド、ミシュレ、ロッシーニ、ベルリオーズ、サラ・ベルナール、ドラクロワ……とくにバルベーなんか、邪視だといわれればそのまま信じたくなるような、不気味な目をしているところがすごい。

十九世紀の芸術家たちにくらべると、現代の芸術家たちはいちじるしく小粒になり、服装やアクセサリーばかりか顔つきまで劃一的になり、もうどこを見まわしても、邪視の持主なんかいそうもなくなってしまった。あながちフランスばかりの話ではない。

ニーチェはオッフェンバックの音楽に「精神の最高の形式」を見出したと語っている。かりに音楽家が邪視の持主だということを知ったとしても、ニーチェはそれほど驚かなかったのではあるまいか。

私の周囲にも邪視の持主がいたら、もう少し世の中がスリルに満ちることでもあろうに、と私は考えざるをえない。

新釈『ピーター・パン』

子どもの時分、あれほど何度も繰りかえして読んだジェイムズ・バリーの『ピーター・パン』だったが、おとなになるとともにふっつりと遠ざかって、今では手もとに本もない。しかし物語やエピソードは頭のなかに焼きついているので、テキストがなくても書くのに不自由はしない。

いったい、子どもの私をあんなに熱中させた『ピーター・パン』が、なぜおとなになってからは興味索然たるものになってしまったのか、その理由を考えてみると、一つにはこれに知的な仕掛けがないということらしい。ルイス・キャロルの『アリス』と比較してみるとよく分るのだが、たしかに『子どものイメージ』の著者ピーター・カヴニーのいうように、バリーには「芸術的昇華という輝かしい成果がまったくなく、『ピーター・パン』は『アリス』の世界からキャロルの知的関心の統制力を抜きとったもの」といってもよいような作品なのだ。

しかし最近になって、私には『ピーター・パン』の長所も認めておきたいような気がしてきている。それは、一つには『アリス』があんまり流行の波にのりすぎて、その知的な仕掛けがいささか鼻についてきたためかもしれない。知的といえば聞えはいいが、要するに、こましゃくれた女の子にすぎないアリスの言動が、いささか疎ましくなってきたためかもしれない。

なるほど『ピーター・パン』はエディプス的妄想にみちた、ひたすら退行的逃避的な物語ではあろうが、それでも主人公はやはり男の子である。ピーターの逃避はそのまま冒険になる。これは一種の倒錯した少年冒険小説だと考えてもよいのではないかと私は思う。

手もとに本がないので、もっぱら記憶に頼って書かなければならないが、私の頭にただちに思い浮かぶのは、たとえば次のようなエピソードだ。夜、窓からダーリング家の部屋のなかに侵入したピーターが犬に襲われて、あわてて自分の影を部屋に残したまま逃げ出すところ。海賊フックの切られた手首を時計ごと呑みこんだ鰐が、なおもチクタクチクタクといいながら海賊を追いかけるところ。心理学者がいくら頭をひねっても、なんの解釈も思い浮かばないであろうようなエピソードだ。

しかし『ピーター・パン』の物語のなかで私がいちばん好きな個所はどこかといえば、それは妖精ティンカー・ベルが死にそうになったとき、ピーターが物語の枠の外にいる読者に向って、「世界中の坊ちゃん嬢ちゃん、あなた方は妖精があると思いますか」と質問するところだ。「あると思いますか」というのは「存在を信じますか」ということだろう。この質問に対して、どこからかパチパチパチという さかんな拍手の音が聞えてくる。拍手は肯定の意味だ。こうしてティンカー・ベルは読者の支持を得て、みるみる元気を回復する。

この物語が児童劇として一九〇四年のクリスマスに初演されたときにも、観客の大部分はおとなだったが、「あなた方は妖精があると思いますか」という舞台からの質問に、さかんな拍手が返ってきたという。

子どものころ、私は物語の枠を自由に出入りするかのごとき、この主人公ピーターの言動がふしぎでならなかった。今では観客参加の演劇というのも、それほどめずらしくはあるまいと思うが、昭和十年代の少年の目には、それがひどく斬新で奇抜なものに見えたというわけだ。

そういえば、私は頃日、評判になったミヒャエル・エンデの『はてしない物語』という本を興味ぶかく読んだものだが、これも要するに物語の枠を乗り越えて、本のなかに入りこんだ少年の物語だった。もちろん『ピーター・パン』のそれにくらべれば、こちらのほうがはるかに手が込んでいて、物語の枠の内外が互いに呼び交わすような、複雑かつ巧緻な構造を示しているのは事実であろう。しかし本質的なものは、すでに『ピーター・パン』のエピソードのなかに萌芽していたのではないか、という気が私にはする。

演劇でいえば劇中劇、物語でいえば枠物語、これがどうも私には、フィクションを構築しようとする私たちの想像力の運動に本源的に具わっている、一つの秩序あるいは形式のようなものではないかという気がしてならない。

読者の参加によって、その存在が保障され、死にかけていた登場人物が生きかえってしまう物語。私は子どものころ、『ピーター・パン』をそんな物語として眺めていたわけだが、もしかしたら、これはとんでもない私の思いちがいであったかもしれない。

E・Tは人間そのもの

ポップコーンの匂いがむんむんしている映画館で、評判の映画「E・T」を見た。客席を見まわすと、前もうしろも子どもばかりである。こんな経験はめずらしい。評判に釣られて、誘われるままに、のこのこと都心の映画館へ出かけていった私は、一瞬、場ちがいなところへ足を踏み入れてしまったような気がしたものである。

映画の内容は、一種の愛犬物語というか、あるいはディズニー映画の変種というか、地球に置いてけぼりをくった淋しい宇宙人と母子家庭の少年との、心あたたまる交流を描いたもので、それ以上でも以下でもない。よく出来た映画で、次々と興行的なヒットをとばす監督スピルバーグの、あざといばかりに職人的な腕前には、舌を巻くほどのものがあったとお伝えしておこう。

この映画は正面から論じるよりも、むしろ搦手《からめて》からアプローチしたほうがおもしろいのではないかと思う。それは必ずしも、熱狂的な「E・T」ファンから袋だたきにされることを私が恐れているためばかりではない。万人向きの夢物語であるだけに、この映画には、かえって作者が思ってもみなかったような、いろいろな問題を考えるための端緒になるものがあるのではないかと思うからだ。

この映画は圧倒的に前半がよく、仮病を使って母の留守にE・Tを家にひっぱりこみ、玩具や人形のいっぱいある部屋で、E・Tと共同生活をはじめるまでの少年の緊張と不安は、じつにみごとに描かれている。私たちをよく笑わせてくれるのも前半だ。E・Tが勝手に冷蔵庫をひっかきまわしたりするところなんかも、なかなか愉快である。もしE・Tがだんだん図にのって、家庭内で傍若無人に振舞い出したらどうだろうか、といったようなことまで考えさせる。しかしE・Tは性質温順なので、そんなことは起らない。この映画は「ピーター・パン」をお手本にしているにもかかわらず、「ピーター・パン」のなかに出てきたような、悪の要素を代表する海賊すらも出てこない。ディズニーだったら、E・Tを見世物に売りとばそうとする悪人ぐらいは登場させるだろう、という意見を述べたひとがいたが、たしかにその通りだと私も思う。

見世物という感覚は古いかもしれない。しかし、もしそういう悪人が出てきたら、少年たちには闘うべき相手ができる。そうなったら、自動車と追いかけっこの末に空に飛びあがるにいたる、あの美しく感動的な自転車のシーンも、さらにさらに迫力が出てきたにちがいないと思うのだ。が、もともと父の影が薄い母子家庭のマイホームでは、そういう強力な対立者（つまり父）の出現は望むべくもない。

あの退行願望の権化のようなピーター・パンでさえ、海賊を相手に闘ったのだと思うと、私はなんだか現代という時代が情けないような気持になる。これがアメリカだけのことならば幸いである。

次の問題に移ろう。

かつてジョルジュ・フランジュ監督の「顔のない眼」という映画のなかに、病院で実験用に飼われている犬を、院長の娘がことごとく解放してやるシーンがあり、あたかも脱獄の暴徒を思わせる犬の群れに、私は大いに感動したことがあったけれども、今度の「E・T」にも、少年が理科の授業中、解剖用のカエルを片っぱしから逃がしてしまって、教室中が大混乱におちいるというシーンがあった。ところで、このシーンを目にすると、どうしても私は次のことを思い出さずにはいられなかった。

みなさん御記憶のことと思うが、九州の漁民がイルカを虐殺するのはけしからんといって、アメリカから船を仕立ててやってきて、イルカを逃がすために、漁民の張った網をやぶろうとした連中があった。イルカはかわいい動物だと頭からきめこんでいるので、イルカを捕える人間は鬼みたいに見えるのであろう。むろんスピルバーグ監督には、このエコロジストのような単細胞なところはあるまいが、動物愛護はえてして手前勝手な意識を生み出しがちだということを指摘しておきたい。

次の問題に移ろう。

Ｅ・Ｔがだんだん弱ってきて、苦しそうなうめき声を発したり、医者に人工呼吸をしてもらったりするようになると、なぜか私には、その顔が人間のおじいさんの顔のように見えてきて仕方がなかった。そういえば、もともとＥ・Ｔは、カエルみたいなところもあるにはあるが、その顔といい手足といい、やはり皺だらけの老人にいちばん近いのではないだろうか。

そこで私はこんなことを考えた。すなわち、もしも老人ホームから脱出してきた孤独なおじいさんが、あなたの家にひょっこりあらわれたら、あなたはエリオット少年のように、おじいさんを自分の部屋にかくまってあげますか、と。私はべつだん冗談をいっているのではない。まさか、Ｅ・Ｔはかわいいけれども、おじいさんはかわいくないからイヤだなんて、冷酷なことをおっしゃるひとはいないでしょうね。

「華やぐ知恵」のなかに、ニーチェは次のように書いている。

「動物の批評——私は、動物が人間を彼らと同類の存在なのだが、すこぶる危険な方向に、動物の良識を失ったものとして見ているのではないかと思う。——気の変になった動物として、笑う動物として、泣く動物として、不幸な動物として。」

やさしいE・Tは、ニーチェのいったような意味での動物といわんよりは、むしろ人間そのもののように見える。エクストラといわんよりは、むしろイントラ・テレストリアル（人間の内部から出現したもの）のように見える。これが私の結論だ。

エウリピデスと『メディア』について

『メディア』といえば、三島由紀夫の短篇小説『獅子』を思い出すひともあろう。これは舞台を敗戦直後の日本に移しただけで、筋はエウリピデスの原作をほとんどそっくり踏襲したものだ。あるいはまた、スキャンダラスな横死をとげたイタリアの監督パゾリーニの、マリア・カラスを主演者とした映画『王女メディア』を思い出すひともあろう。これも後半では可能なかぎり忠実に、エウリピデスの原文を採用している。こうした例を見ても分るように、エウリピデスの『メディア』の悲劇は、遠く時空をへだてた現代の私たちにも十分にアピールする力をもっているのである。

エウリピデスはアイスキュロス、ソポクレスとならんで、紀元前五世紀におけるギリシアの三大悲劇詩人のひとりと見なされているが、もとより、これら三人の作風はそれぞれ違っている。その作品の保存率が他の二者にくらべて格段に高く、後世にいたるほど上演の機会が多くなったのを見ても分るように、エウリピデスは何よりもまず近代的であり、一種のデカダンスと称してよいほど、悲劇の宗教的起源から離れ、同時に悲劇における心理的要素を発達させているのだ。

「エウリピデスの手によって、観客席から舞台へのしあがってきたのは、日常生活の人間だった」とニーチェが『悲劇の誕生』のなかで非難がましく言っているように、悲劇の人物を神々や英雄のレベルから、普通の人間のレベルへ引きずり下ろした張本人がエウリピデスだった。

同じことを名著『ギリシア人と非理性』の著者ドッズは次のように述べている。すなわち、「男も女も赤裸々に悪の神秘に直面していて、この神秘的なものは、もはやひとびとの理性に外部から襲いかかる異質のものではなく、人間自身の存在の一部であることを彼は私たちに示している」と。簡単にいえば、人間の情念だけが悲劇の原因であることを、エウリピデスはその作品ではっきりと示したのである。

そういう意味で、ギリシア悲劇のなかでも最も悲壮な、最も残酷な恋愛の局面をあばき出した、特異な作品である『メディア』は、いかにもエウリピデスの天才にふさわしい作品だといえる。アイスキュロスやソポクレスのそれにくらべると、激情的な恋愛が前面におどり出してきている点が、エウリピデス作品のいちじるしい特色なのである。

実際、めらめらと燃える火のような情念をもった、メディアという強烈な性格の女は、世界の文学史上でも比類がないであろう。彼女はアルゴー船の勇士イアソンに恋し、彼を助けて目的をとげさせると、彼の妻となり、故郷も父も捨てて、夫とともにコリントスの地へやってくる。そこで子どもをふたり生むが、やがて夫が自分を棄て、土地の王女と結婚する気になっていることを知ると、勃然として復讐の念に駆られ、嫉妬に狂った女のおそろしい本性をむき出すのだ。

メディアは自分の子どもを殺して、子どもの父のイアソンを罰してやろうという、途方もない復讐の方法を思いつく。そのために知力を総動員して周到な計画をめぐらすが、恋敵の殺害をもふくむ、この計画はひとたび動きはじめるや、冷厳な歯車のように容赦なく進行して、なにものをもってしても阻止することはできない。自分のテューモス（情念）にとらえられたメディアは、その歯車の進行をむなしく見ている以外に、自分で自分をどうすることもできないのである。

「どんなひどいことを仕出かそうとしているか、それは自分にも分っている。しかし、いくら分っていても、たぎり立つテューモスのほうがそれよりも強いのだ。これが人間の、いちばん大きな禍いの因《もと》なのだが……」とメディア自身が告白している。自分のしていることがいかに恐ろしいことであるか、それは自分でもちゃんと知っているのだ。

このテューモスに否応なく押し流されて破局にいたるという点では、メディアは同じ作者の『ヒッポリュトス』の女主人公パイドラにひとしいだろう。こういう人物を堂々と描き出した作品が、時代を越えて現代にも通用するのは当然というべきかもしれない。

古い伝説として、この劇に扱われた物語はエウリピデス以前からあったものらしいが、裏切った夫への復讐のために、メディア自身がみずからの手で子どもを殺すという設定は、エウリピデスの創意と見られているようだ。エウリピデスは女ぎらいとして有名であったが、古代作家の描き出した女性のなかでも、メディアやパイドラのような、最も光彩《こうさい》陸離《りくり》たる女性像を残してしまったのだから、運命というのは皮肉なものだ。

性差あるいはズボンとスカート

小説家としても知られるジャック・ローランの『着衣と脱衣の裸体』（ガリマール、一九七九年）というエッセーを読んでいたら、おもしろいエピソードが出てきたので、まずそれを話題にすることからはじめよう。

一九七二年、ギリシアの名高いエピダウロスの円形劇場跡で、夏の観光シーズンにアリストパネスの『女の議会』が上演されることになった。観客は世界各国から来た団体旅行の連中である。それぞれ石の階段座席に腰かけて、ガイドの説明を聞いたり、パンフレットをぱらぱらやったりしている。ジャック・ローランも観客のなかに混っていた。やがて芝居がはじまると、第一幕から男装した女たちがぞろぞろ舞台に出てきた。いうまでもなく、『女の議会』はアテナイの女たちが男装して議会に入り、女に政治を委ねる案を絶対多数で通過させようとする喜劇である。

ところで、舞台の上の女たちの男装を見ても、観客には、それが今までの女の服装とどう違ったのか、ほとんど感じとることができなかったそうである。ギリシア人の服装は裾のひらいた、ひらひらしたキトンで、男女とも同形だったからである。

私たちは一般に、女が男装するといえば、スカートからズボンに移行することだと思いこんでいる。むろん、二十世紀の後半から、女のズボン姿は決してめずらしいものではなくなったし、げんにエピダウロスの円形劇場で芝居を見ていた観客のなかにも、ジーンズをはいたりパンタロンをはいたりしている娘さんたちが多かったのであるが、それでも彼らの頭の中には、あたかも喫茶店や映画館における便所のドアの標示のように、男はズボン、女はスカートという観念が抜きがたく残存していたらしいのだ。だから舞台の上のアテナイの女たちの男装が、さっぱり理解できなかった。

ローランは「開いたシステム」および「閉じたシステム」という表現によって、服装を二つに分けている。ズボンは「閉じたシステム」である。一方、スカートはいうまでもなく、日本の着物も「開いたシステム」だろう。エジプトもギリシアもローマも、西欧中世の初期も、男女ともに「開いたシステム」だけしか用いなかった。もっとも、東方のメディア人やスキタイ人との交渉によって、西欧人はズボンというものを知ってはいた。ローマにズボンの着用をひろめたのはガリア人である。

中国も日本も古くからズボンを知っていたので（古い褌《はかま》は一種のズボンだろう）、かつてはトルコ、スキタイ、ペルシアから東方へかけて一大「閉じたシステム」圏が存在していたことになる。ユーラシア騎馬民族の伝統だろう。

しかし中世以来、ズボンとスカートという、「閉じたシステム」と「開いたシステム」とを男女に厳密に割り当てることによって、八百年にわたる二分法の性文化を築きあげてきたのは西欧であろう。それは性差を際立たせる文化といってもよかった。

十年ばかり前、私は次のような戯文を書いたことがある。

「たとえば駅やビルの便所に、かつては殿方用、婦人用と分りやすく明記されていたのに、このごろではへんな絵が描いてある。私はいつも、便所の前で一瞬足をとめ、『ええと、これはズボンをはいて股をひらいているから、要するに男を表わしているんだな』と、頭のなかで一度、絵を観念に翻訳してからでないと、便所へ入ることもできない始末である。まことに不便きわまりない。」

私が便所の前で躊躇逡巡するのは、かならずしも私が記号に弱いためばかりではあるまい。やや大げさにいえば、露骨に性差を際立たせる文化に反撥をいだくためでもあろう。あんな曖昧な記号によって男女を区別するくらいならば、いっそもっと直截に、男根女陰の絵でも描いておいたほうが気がきいているではないか、といったような気持もある。衣裳は当てにならないが、中身ならば確実だからである。

いずれにしても、ジーンズやパンタロンをはく女性が急速にふえてきた現在、私には、あのズボンとスカートの記号はきわめて偽善的のように見えて仕方がないのだ。もっとも、性文化には偽善がつきものだということを考えれば、あながち声を大にして論難すべき問題でもなかろうという気はするけれども。

ジャック・ローランの本からもう一つ、私が興味をもったエピソードを次に引いておこう。あるとき、彼は女友だちといっしょに寝台車の個室で旅行をした。夜になって、見知らぬ街のあいだを汽車が通りかかると、女友だちはいきなり服をぬいで裸体になった。個室のなかは明るいので、沿線のビルの窓から覗かれる可能性がある。すなわち見知らぬ視線、匿名の視線に自分の裸体をさらすことに、彼女はわくわくするような楽しみを見出していたのである。

この彼女の楽しみを、ローランは「公共の場所で自分の裸体を人目にさらすことに慣れていた、スパルタの少女が決して知らなかった」ような楽しみといっている。スパルタの少女が裸体になるのは宗教的行事のためで、そこには秘密の喜びといったようなものはまるでなかった。これに反して、寝台車のなかの彼女の裸体は「意識的な裸体」であり、いかにも二十世紀の世紀末にふさわしいたくらみではないか、というわけである。ローランの得意満面な顔が目に見えるような文章であった。

ローランは自然主義者やエコロジストのイデオロギーを、ルソー以来の退行的なものと見なして斥けており、むしろ文明のただなかに、「意識的な裸体」「脱衣の裸体」を見出すべきことを提唱している。海岸におけるヌーディストの裸体には、この寝台車のなかの裸体のような「エロティックな電荷」はない、というのである。

しかし私は彼の文章を読んで、半ば共感はしたものの、ただちに次のように思わないわけにはいかなかった。すなわち、――

それはそうだろうが、そういう試みは、一歩間違えばストリーキングのようなものに堕するだろうし、とくに男性の場合、公然猥褻と紙一重になる恐れもあろう。それでもかまわないというなら話は別だが、よほど慎重に知力をつくして事に当らねばなるまい。……

今世紀の後半から、ズボンとスカートによって象徴された西欧の二分法の性文化は、徐々に確実にくずれてきたといっても過言ではなかろう。最近、パリで日本人の服飾デザイナーが多く活躍しているのも、この二分法の性文化を成立させてきた西欧の幾何学的精神を、西欧人自身がすでに信じなくなってきた証拠のように私には思われる。彼らは息苦しくて、なにか風穴をあけたいのである。ローランが苦しまぎれのように、「脱衣の裸体」などということをいい出したのも、おそらく同じ希求のあらわれであろう。

それにしても、ミニスカートもはけばジーパンもはくという現代女性の服装の融通性にくらべて、男性の服装が実に信じがたいほど遅れているという事実に、私たちは驚かざるをえまい。

男性優位といわれる社会にあって、すべてに遅れていなければならないはずの女性が、服装においてだけかくも進んでいるというのは、もしかしたら、女性の本質的な客体性を証拠立てるものではないかとも思われるが、この点については保留にしておこう。

ＳＦをめぐる覚書

私は必ずしもＳＦ作品のよい読者とはいえない。じつのところ、それほどたくさん読んでいるわけでもない。ただ、ＳＦというジャンルにはつねづね心惹かれるものを感じている。そこで、いつも期待しながらＳＦ作品を読みはじめるのだが、その都度、裏切られるという結果になることが多い。どうしてだろうか。思うに、どうやら私はＳＦというジャンルに期待しすぎているらしいのであり、ないものねだりをしているらしいのである。

もしかしたら私は、個々のＳＦ作品よりも、むしろＳＦというジャンルが成立するにいたった文明史的必然性に興味があるのかもしれない。そんな気がしてくるのである。

たまたま手にしたロバート・スコールズとエリック・ラブキンの『ＳＦ——その歴史とヴィジョン』のなかに、次のような示唆に富んだ一節があったから引用しておく。

「キリスト教倫理のもっとも明快な代替物は功利主義またはマルクス主義であり、それらは現在の人間の行為を将来の物質的利益によって判定する理論なので、現時点における決断が招く

種々の結果を、現在から外挿（エクストラポレート）し検討する小説は、文化に必要不可欠なものとなった。」（伊藤典夫他訳）

なるほど、これはうまい言い方である。必ずしも倫理的価値とは限らないが、科学は価値一般をないがしろにするから、そのような価値不在の科学を補足するものとしてのＳＦが誕生する時代的な必然性はあったわけだ。科学とともに生まれ、科学と同じ考え方をする世界に属しながら、科学が手をつけられない領域にあえて手をつける。これがＳＦの役割というものであろう。科学的思考がこれほど隆盛をきわめていなかったら、そもそもＳＦには一片の存在理由もなかったにちがいないのである。

ロジェ・カイヨワは、古代および中世の妖精物語、十八世紀末から十九世紀にかけて流行した幻想怪奇譚、そして今日に繁栄をきわめているＳＦという三つのジャンルのあいだに、内的な一貫性と年代的な連続性があることを示そうとして、次のように述べている。

「妖精物語は、人間がまだ支配することを知らなかった自然に対する、人間の素朴な願望を表わしていた。超自然の恐怖物語は、実験科学の方法的探究によって確立され証明された世界の整合性と秩序が、これと相容れない力、夜の悪魔的な力の来襲によって、突然、崩れ去るのを見た人間の恐怖を表わしていた。ところで空想未来小説であるが、これは、理論と技術の進歩を前にして人間が不安に駆られる時代、科学が安心の拠りどころであることをやめて、次第に危険な眩暈《めまい》のように見えてきた時代の不安を反映している。三つの場合とも、作品の一般的な雰囲気、その気に入りのテーマ、その本質的なインスピレーションは、それらのジャンルの開花した時代の潜在的な不安から生じたものだ。」

これを要するに、SF作品もまた、先行する妖精物語や幻想怪奇譚とまったく同様、時代の要求に即した、現実を補足する非現実の物語ということになるであろう。

サイエンス・フィクションの「サイエンス」は、したがって、一般に信じられているように狭義の「テクノロジー」を意味すると考えるよりも、むしろサイエンスの語源的な意義にさかのぼって、人間の知的活動としての「科学的思考」そのものをさすと考えたほうが実情に即しているのではないか、と私は思う。

前にも述べたように、げんに大量生産されている内外のSF作品が、私の期待を一向に満足させることがないのは、それらがほとんどすべてテクノロジーのSFでしかなく、その範囲を少しも脱け出ていないからであろう。テクノロジーでなくて、思考実験を本質としたSFであれば、私としてもこれを玩味するのに吝かではないつもりなのだ。むろん、そういう作品も少数ながら存在するのであるから、一概に不満ばかりを述べる必要はないかもしれないが。

＊

スコールズとラブキンは、SFの境界線を越えた作家として、ジョン・バース、アンソニー・バージェス、ホルヘ・ルイス・ボルヘス、イタロ・カルヴィーノ、ウィリアム・ゴールディング、トマス・ピンチョンなどを採りあげている。ジュディス・メリルは『SFに何ができるか』のなかで、二人の先駆者としてアルフレッド・ジャリとボルヘスの名を挙げている。必ずしも純文学作家を重く見るわけではないが、どちらかといえば私には、これらの境界線を越えた作家のほうに興味がある。

ジュール・ヴェルヌの『カルパチアの城』、H・G・ウエルズの『モロー博士の島』、フィッツ・ジェイムズ・オブライエンの『ダイヤモンドのレンズ』、ヴィリエ・ド・リラダンの『未来のイヴ』、エドガー・ポーの『ヴァルドマール氏の症例の真相』、カレル・チャペックの『山椒魚戦争』、ジャリの『超男性』、アポリネールの『月の王』、カフカの『流刑地にて』、レーモン・ルーセルの『ロクス・ソルス』、ビオイ・カサーレスの『モレルの発明』、イタロ・カルヴィーノの『レ・コスミコミケ』、それにジョヴァンニ・パピーニやボルヘスの短篇、こういった作品が私には永遠の新しさをもった、語の本来の意味におけるSF作品、すなわち思考実験をその本質とするSF作品のように思われてならないのである。

オラフ・ステープルドンの『星の創造者』もいいだろうし、アーサー・C・クラークの『地

いのではないか、というのが私の偽らざる意見なのである。
いだろう。しかしながら、これらは結局のところ、エドガー・ポーの一つの短篇に遠く及ばな
レイ・ブラッドベリの『火星年代記』もいいだろうし、J・G・バラードの『結晶世界』もい
球幼年期の終り』もいいだろう。あるいはまた、ル・グインの『闇の左手』もいいだろうし、

＊

SFのもっとも本質的なテーマの一つとして、マッド・サイエンティスト（狂気の科学者）の問題がある。すでに史上最初のSFともいうべきシェリー夫人の『フランケンシュタイン』の主人公が、典型的なマッド・サイエンティストであったことを思えば、この問題が時代の科学的思考そのものから生ずる、ふかい潜在的不安をあらわしていることは明瞭であろう。

私はかつて、「悪魔の創造」と題したエッセー（『思考の紋章学』所収）のなかで、このマッド・サイエンティストの遠い祖先を『テムペスト』のプロスペローに擬したことがあり、この発見をひそかに得意に思っていた。ところが、『地獄の新地図』のキングスリイ・エイミスも、前記スコールズおよびラブキンも、まったく同じことを述べているので、いささか気をくさらせた。エイミスから引用すれば、「風変りで世捨人の科学者とその美しい娘というのは、近ごろのS

Fの実に多くのものに、まったく悲しくなるほどおなじみの定石的な組み合わせであり、そのことでいえば、私がテムペスト伝説と呼びたいものの相当部分がSF映画の傑作の一つ（『禁断の惑星』）に再現されているのである。」（山高昭訳）

エイミスによれば、「SFの年譜から奇妙にも無視されている作品」がシェークスピアの『テムペスト』だということになる。そして私の意見では、原始的なマッド・サイエンティストとしてのプロスペローの影は、フランケンシュタインばかりでなく、『未来のイヴ』のエディソンにも、『カルパチアの城』のオルファニクにも、『超男性』のウィリアム・エルソンにも、あるいはホフマンの『砂男』の弁護士コッペリウスにも反映しているのだ。このマッド・サイエンティストの系列には、さらにホーソンの『ラパチーニの娘』のラパチーニ博士とか、ソログープの『毒の園』の老植物学者とかを加えてもよいであろう。SFに限らず、これは十九世紀のロマン主義的幻想文学におなじみの科学者＝魔術師タイプといえるかもしれない。

フロイト説によるエディプス神話を当てはめれば、このマッド・サイエンティストは「恐ろしい父」であり、彼らの創り出すロボットやミュータント（エイミスはキャリバンを「初期のミュータント」と呼ぶ）は往々にして「子」である。もっとも、「子」は血縁関係のない一人の青年として、被創造物とは別に登場することも多いようだ。

なぜエディプス神話はかくも広くSFのなかに浸透しているのであろうか。たぶん、近代科学が神に代って、意想外な創造物を生み出すことができるようになった、ということと関係があるだろう。この点から見ても、ＳＦは十九世紀の幻想怪奇譚の伝統を継いで現われた、新しい時代の不安を体現している文学のジャンルにほかならないのである。

＊

それにしても、ＳＦと幻想怪奇譚とのあいだに横たわる深淵は、そうそう簡単に埋められるものとは思えない。一見、そんな感じがする。

クセジュ版『ＳＦ小説』の著者ジャン・ガッテーニョがうまいことをいっているから引用しておくが、「ポーが測り知れぬ神秘を現前させるまさにその同じ場所で、ジュール・ヴェルヌはその神秘を説き明かす。『カルパチアの城』では、蓄音機と初歩的な形の一種の映画とが幽霊に対するあらゆる確信を追いはらう。ヴェルヌとともにわれわれは幻想の対極に立つ。」（小林茂訳）

その通りにはちがいないが、今日、ＳＦと幻想文学とが、徐々にその距離をちぢめているのも争いがたい事実であろう。科学をもってしても説明不能な神秘が、いつしかＳＦの領域にも迷いこんできているのだ。むしろ説明不能な神秘を積極的に取りこむことによって、ＳＦは文学としての質を向上させるのではないかとさえ私は考える。科学的思考と合理主義に立脚して出発したＳＦが自己否定して蘇生するとき、ＳＦの将来は思いもかけぬ方向に開かれてゆくであろう。

ある死刑廃止論

死刑の問題には、いろいろなアプローチの仕方が考えられるだろうが、私にとっては、いつも恐怖と苦痛というテーマが大きく前面に浮かびあがってくる。恐怖と苦痛。これが人間にとって、どんな意味を有するかということを考えないわけにはいかないのだ。

恐怖と苦痛。さらにいえば、これは一直線で形而上学の領域に突きぬけるテーマだ。これを私は無視することができないのである。

原則的には、私は死刑廃止論者である。現代の社会は、できるだけ恐怖と苦痛の種をなくすような方向に動いており、それは医学者が研究室でガン撲滅のために努力している場合も、政治家が社会保障の向上のために活動している場合も、PTAが暴力教師の存在に目を光らす場合も、あるいはまた、市民団体が人口妊娠中絶や安楽死の合法化を求める場合も、戦争反対とか核兵器反対とかいったスローガンを掲げる場合も同様である。すなわち現代の社会は、恐怖と苦痛の種を根絶やしにしようと躍起になっているかのごとくであり、死刑廃止もその一環なのである。そして、私もこれに反対する理由はまったくない。

ただ、人間が有機体である以上、人間にとって恐怖や苦痛がなくなるということは絶対にありえず、場合によっては、それらを積極的に求めることが一つの価値をなす場合もあるということを、忘れないでいたほうがよいと思う。

必ずしも戸塚ヨットスクールを思い出さなくてもよいが、「艱難《かんなん》なんじを玉にす」とか「人間、辛抱だ」とかいった表現が今でも俗間に通用している。いや、それどころではない。ポーランドの強制収容所で、脱走した他人の身がわりになって殺されたコルベ神父は、最近になって聖人に列せられた。恐怖と苦痛が厳として支配している世界でなければ、人間はなかなか聖人なんぞになれるものではなかろう。これは見やすい道理ではないか。

そういえばキリストも死刑になったわけで、もしもこの世に死刑がなかったら、キリスト教の聖人の数はぐっと減少していたにちがいない。たしかにカミュも『ギロチン』のなかで述べているように、カトリック教会はつねに死刑の必要性を認めてきたのである。それは私にいわせれば、宗教には恐怖と苦痛が何よりも必要だったからにほかならぬ。恐怖と苦痛のおかげで、聖性が顕現していたからにほかならぬ。

見せしめとか応報とかいった見地から死刑を擁護する理論は、感情論としては根づよく生き残っているにせよ、すでに破産していると考えられるので、もしも死刑を存続せしめる根拠がどこかにあるとすれば、それは宗教的な価値にしかないと私は思う。宗教的な価値とは、この世を超えた価値である。最終的には神の手にゆだねられるので、そういう見地から眺めれば、この世の刑罰は過渡的なものでしかなくなるだろう。裁判所の誤判も問題ではなくなるだろう。

しかし私たちのげんに生きている民主主義社会、制度においても習俗においても完全に聖性を失っている社会では、死刑を存続させる根拠は、とうに見失われているのではないかと私は思う。

法律によって恐怖と苦痛を行使しても、そこに聖性の光は一向にささず、こっそり行われる処刑はひたすら陰惨なものになるばかりだからである。

ここで私は、ある死刑廃止論者の意見を引用しておきたい。サディズムの元祖として知られる十八世紀のサド侯爵の意見である。小説の中ではあれほど残酷描写を好んだサドが、現実世界で行われる司法殺人に対しては、断乎たる反対の立場をとったということに読者は驚かれるであろうか。

「法律は本来、冷静なものであるべきだから、殺人という残虐行為を人間において合法化する激情とは、およそ縁遠いものであるはずだ。人間は自然から、かかる行為を大目に見てもらえるような感じやすい性質を享けているのであるが、法律はこれに反して、つねに自然と対立し、自然からは何一つあたえられていないので、したがって人間と同じ過失をみずからに認めることは許されない。すなわち法律は人間と同じ動機をもっていないので、同じ権利をもつこともできないのである。」

一時の激情に駆られた犯罪よりも、綿密に予謀された犯罪のほうが、一般に重いものと見なされているのは周知であろう。それならば死刑は、あらゆる殺人の中でもっとも計画的な殺人であり、もっとも重い犯罪と見なされるべきではないか。――サドの文章をパラフレーズすれば、ほぼ以上のようになるのではないかと思う。

恐怖と苦痛が永久になくならない世界に生きている身だからこそ、サドはその小説のなかに、執拗に恐怖と苦痛を描き出したのではなかったろうか。ただ、それが人間の手をはなれて、抽象的な法律の手に掌握されるのを、サドはどうしても許すことができなかったようだ。

おかしな言い方だが、私は恐怖と苦痛から目をはなさず、これを大事にしてゆきたいと思う、あくまでも人間のものとして、人間の手でつかんでいたいと思う。

私の一冊

サド裁判といっても、いまではこれを記憶しているひとも少数派であろう。そんなことがあったっけ、と思い出すひともあるであろう。一九六一年の夏から裁判がはじまり、第一審では勝訴したが、六九年の最高裁では逆転敗訴して、結局のところ有罪になった。

しかし、この裁判によって争われた『悪徳の栄え』以下のサド文学が、日本の読書界に定着したのは事実であって、いまではサド作品は文学全集や文庫にもはいっており、これを無視して世界文学を語ることはできなくなっている。いまの若いひとは、なんの抵抗もなくサドを読むであろう。

私が大学の卒業論文にサドを採りあげたころは、なによりもまず、その作品をあつめるのが大変な苦労で、私はフランスの出版社主にめんめんと手紙で訴えて、限定本のサド全集を手に入れるべく努力したものであるが、それから三十年近くたった今日では、フランスでも大部分のサド作品が文庫で読めるような状態になっている。まさに隔世の感といってよい。『悪徳の栄え』は、そのサドの数多い作品のなかでも、いちばん雄大で、波瀾万丈に富んでいて、すてきにおもしろい小説である。いまは亡き三島由紀夫がしきりに読みたがって、はやく翻訳しろと私をせっついたものであった。

これを翻訳したのは私が三十歳のころであるから、かならずしも青春の書とはいえないが、サドとの付き合いは二十代のはじめからで、それにまつわる思い出は多い。また私が出した本で、こんなによく売れた本もない。といってもこれは全体の三分の一ばかりの抄訳であるから、いずれ将来に機会をえて、完訳したいと考えている。

『悪徳の栄え』の後半は女主人公ジュリエットが大臣サン・フォンの寵を失って、パリからイタリアへ逃亡し、イタリア各地を遍歴する物語であり、とかく暗いイメージとともに語られるサドの作品中にあって、例外的に明るさにみちた物語となっている。現代フランスの作家ピエール・ド・マンディアルグによれば、『悪徳の栄え』のなかのイタリアに関する部分は、サディズムが楽しげに語られている唯一の場所だということであるが、まったくその通りだと私も思う。

突拍子もない比較のように思われるかもしれないが、私はジュリエットのイタリア遍歴を、あのゲーテの『イタリア紀行』にくらべてみたいのである。ゲーテが嬉々として、駅馬車で町から町を通過しながら、あるいはヴェスヴィオ火山にのぼったり、ナポリ王の宮廷に出入りしたり、政治家や山師や美女と出会ったり、各地の美術館をたずねたりしているように、ジュリエットもまた、イタリアで似たような見聞をひろめるのだ。

しかも時代は同じ十八世紀末、あのカサノヴァが暗躍したような、ヨーロッパの歴史のなかでいちばんおもしろい時代である。この時代を小説のなかに活写した十八世紀の作家として、私たちはサドを認識しなければならぬ。サド以外に、この時代を活写した十八世紀の作家はいないのである。

私はヨーロッパの国々のなかで、イタリアの自然や建築物や庭園をもっとも好み、しばしばイタリアの町々を旅行するが、もしかしたら、これもサドの『悪徳の栄え』の影響かもしれない。

Ⅲ

記憶力について

どういうわけか、私は記憶力が抜群で、どんな長い歌の歌詞でも、最初から最後まで、そらで歌えるという伝説が一部に広まってしまったらしい。事実は、それほどでもないのである。自分では、ごく人並みだと思っている。

それはもちろん私だって、軍歌「戦友」とか「討匪行」とか「婦人従軍歌」とか「橘中佐」とか「水師営の会見」とかならば、たしかに最初から最後まで間違いなしに歌うことができる。しかし、そんなのは私たち昭和一ケタ世代にとっては、お茶の子さいさいなのだ。決して私だけの特技ではないはずである。

考えてみると、私たちの世代は暗記ということを強制された世代であったとつくづく思う。とはいえ、それは必ずしも苦痛ではなかった。むしろ嬉々として私たちは暗記したのではなかったろうか。

私たちの旧制中学では、英語の時間に必ず、前の授業で習った個所を暗誦させられた。教科書はニューライト・リーダーで、教師は池谷敏雄先生、戦後になって日比谷高校に転任なさった方である。私はこの先生が大好きで、そのせいかどうか、英語の暗誦が得意で、語学のおもしろさというものを、もっぱらこの先生から教わったと自分では思っている。

ちなみに、私たちの旧制中学というのは、大先輩に故池島信平氏や故和田信賢氏のいる学校だと思っていただきたい。御存じの方はハハアと思うだろう。

暗記は英語だけではなかった。国語で「太平記」を習えば、さっそく「落花の雪に踏み迷う、片野の春の桜がり……」の道行文を暗誦させられた。子どものころの記憶力というのは恐るべきもので、今でも私はほとんど間違えることなく「池田の宿に着き給う」まで暗誦できるのである。

すでに小学校のころから「神武、綏靖、安寧、懿徳……」をやらされていたし、「教育勅語」や「青少年学徒ニ賜ハリタル勅語」を暗誦させられていた。そうかと思うと、これは学校とは関係ないが、ごく幼いうちから私は好んで「のらくろ」のセリフなんぞをおぼえたものであった。

「神風号の記録は?」と聞かれれば、私はすらすらと答えることができるし、「爆弾三勇士の名前は?」と聞かれれば、これも簡単である。賤ヶ岳の七本槍、真田十勇士、里見八犬伝の八犬士、こんなのも講談本でおぼえたものだ。いつだったか、玉錦から千代の富士までの歴代横綱の名前を、酒を飲みながらずらずらと並べていたら、意外に簡単にできてしまって、自分で驚いたことがある。

ラジオで国民歌謡がはじまったのは昭和十一年、その第一回は「日本よい国、東の空に、のぼる朝日は日の御旗」とか何とかいうやつだったと記憶している。藤村の「椰子の実」や「朝の歌」は有名だが、杢太郎の「むかしの仲間」や白秋の「からまつ」は、今日ではあまり歌われることがないようで残念だ。

そのほか私の記憶している当時の国民歌謡には「ラララ、紅い花束、車につんで」があり、「霧は晴れるよ、夜が明ける、風はささやく、マドロスに」があり、「ましろき富士の気高さを」があり、「南の国のふるさとは、オレンジの花咲くところ」があり、「帝都をあとに颯爽と、東海道は特急の」がある。この最後の新鉄道唱歌には五番まであったと思うが、私は今でも全部おぼえている。

昭和十三年、ヒットラー・ユーゲントが日本へ来たときの歓迎の歌、それから昭和十四年、汪兆銘《おうちょうめい》が来日したときの歓迎の歌をおぼえていらっしゃる方がおられるだろうか。これも今にして思えば、なつかしいものだ。

私が今でも酔余よく歌う歌に、こんなのがあるから御披露しておこう。「今ぞ世紀の朝ぼらけ、豊かさのぼる旭日の、四海に燦とかがやけば、興亜の使命双肩に、にないて立てり民五憶」

戦争中、ほかに楽しみがなかったから、例の悪名高い愛国百人一首まで私は全部おぼえてしまったものだが、さすがに今では、その大半を忘れている。小倉百人一首の一枚札は「むすめふさほせ」だが、愛国百人一首の一枚札を御存じの方がいらっしゃるだろうか。たむけにゆうひ（手向けに夕日）と私はおぼえたものだった。御参考までに「たむけ」までの歌を次に引用しておこうか。

旅人の宿りせむ野に霜降らば吾が子羽ぐくめ天の鶴群《たづむら》
昔たれかかる桜の花を植ゑて吉野を春の山となしけむ
今日よりは顧みなくて大君のしこの御楯と出で立つ吾は

さあ、このあと続けて思い出すことのできる方がいらっしゃいますか。

『乱菊物語《らんぎくものがたり》』と室津のこと

一昨年だったか、京都から足をのばして播州室津を見に行ったのは、もっぱら谷崎潤一郎の『乱菊物語』の影響によるところだといってよい。じつをいえば、もうずいぶん前から一度ぜひ室津を訪れたいと念願していたのが、ようやく機会を得て実現したというわけだったのである。

五月の連休が終ったばかりの室津は、観光客のすがたがまったく見られず、ひっそりとしていた。おまけに雨もよいで、それがますます古い忘れられた港町の印象を強めていた。むかしの娼家らしい細い格子の窓のある家々もいくらか残っていたが、私にとって意外だったのは、その有名な小五月《こさつき》の祭の情景が『乱菊物語』のなかにも活写されている加茂神社の豪壮さだった。港の突端のこんもりと樹々の茂った丘の上にあって、室津湾を一望のもとにおさめている。オーソドックスな流造、檜皮葺の社殿は堂々たるものである。

その境内に、樹齢三百年とか五百年とかいわれる蘇鉄が自然の状態で群生しているのも、いかにも南国的な感じでおもしろかった。『亂菊物語』の時代に、この蘇鉄がはたしてあったかどうか。もし樹齢五百年が正しければ、あったということになろう。ちょうど青葉の季節で、雨に濡れた緑がたけだけしく氾濫しているような感じであった。

大ざっぱな議論をするようだが、私には、平安末期の院政期あたりから鎌倉時代、南北朝時代、さらに室町時代とつづく動乱の時代が、日本の歴史のなかでも、いちばんおもしろい時代だったような気がしてならない。武士のなかにも婆娑羅《ばさら》大名みたいな飛びきりの人物がいたが、どちらかといえば、この時代にあって私の目を惹くのは、社会の下僧を形成している宗教者や芸能者といった連中である。『亂菊物語』にも、いわゆる馬腹術を行ったり鼠に化けたりする放下僧が出てくるが、こういう連中が諸国一見の聖《ひじり》などとともに全国を股にかけて歩きまわっていたので、当時は社会の基底部が大きく流動していたと見るべきなのである。

歩きまわるといえば、もちろん遊女や白拍子も歩きまわっていたであろう。室津には古く奈良時代から遊女がいたという説があるが、清盛が福原に都を遷すとともに、江口や神崎をはじめとして各地から遊女が集まってきて、一躍、室津の遊里は繁栄をきわめることになったという。その後、鎌倉時代の日宋貿易、室町時代の日明貿易によっても大いに繁昌した。倭寇時代には、家島《いえしま》海賊の根拠地として栄えたらしい。谷崎は、こうした室津の沿革に目くばりを利かせて、日本の歴史のなかでもいちばんおもしろい応仁の乱後の一時代を、『亂菊物語』のなかに極彩色の華麗な筆致で描き出したのである。

『亂菊物語』には大名が出てくる。武士が出てくる。海賊が出てくる。お姫さまが出てくる。遊君が出てくる。放下僧が出てくる。明の商人張恵卿などといった人物が出てくる。それに人間ではないが、海鹿《あしか》と馬とのあいだに出来た合の子だという、奇怪な海鹿馬なる動物まで出てくる。伝奇小説というジャンルのおもしろさを十分に発揮させて、作者は空想の翼をのびのびと拡げている。あんまりのびのびと拡げすぎてしまったために、しまいには収拾がつかなくなって、この小説も例のごとく中断したまま終っている。

谷崎の数多い小説のなかで、いちばんの傑作はなにかと問われれば、私としても『卍』とか『蓼喰ふ蟲』とか『少將滋幹の母』とかを勘案しなければならないところであろうが、いちばん好きなものはなにか、ということになれば、まずもって『亂菊物語』に指を屈したくなる私なのである。

日本には、良質の文体でつづられた伝奇小説が、あまりにも少ないような気がする。谷崎は、こういう方面に手を染めた、まれなる純文学作家だったと考えてよいだろう。純文学というのは好きな言葉ではないが、こういう場合には使わざるをえまい。

室津で、私は浄運寺という寺にも行ってみた。法然上人が讃岐の配所へ渡海のみぎり、ここで遊女友君に会い、同女に仏道をさとしたという縁起のある寺で、海沿いの町並みから山のほうへ少し奥まった、見晴らしのよい斜面にある。なにしろ遊里の元祖のような町だから、遊女の伝説が幅を利かせているのである。この寺の庭で石碑などを見ていると、いよいよ雨は本降りになってきたので、私は待たせておいたタクシーに駆けこんだ。

この時の旅行では、播州赤穂で食った穴子、岡山で食ったママカリが、すてきにうまかったということを最後に報告しておこう。

石川淳『至福千年』解説

至福千年とは、もともとユダヤ教の黙示文学に描かれた思想であり、最後の審判に先だって、キリストが地上に再臨し、みずから一千年間の地上楽園を実現するだろうと主張する教説を意味した。しかし私たちが至福千年ということばを口にするとき、それは必ずしも歴史的に限定された特殊用語としてではない。たとえば名著『至福千年の追求』のなかでノーマン・コーンが仔細に描き出したように、十一世紀の終りから十六世紀の前半にかけて、ヨーロッパ各地では幾度となく、生活の苦しみから逃れるために新しき地上楽園の夢におのれの願望を託した根なし草的な貧民たちの、カリスマ的預言者に指導されたメシア待望運動が波状的に起っていたのである。これらの運動をもふくめて、私たちは至福千年の思想を、歴史的限定を離れた宗教運動の一つの類型として理解する。

この思想の特徴は、まず何よりも、それが生きた信仰として渇望されていたということだろう。古い世界の終末において、現存秩序の一切が崩壊し、それまで圧迫されていた者、貧困と苦悩に打ちひしがれていた者が一挙に立場を逆転して支配者、富者となり、この世はそのまま至福の世に一変するという、その根柢的な世界のどんでんがえしのイメージは、なまなましい現実感をもって彼ら、運動の参加者たちに感得されていたらしいのである。むろん、教会は現世を天国に一変させることなどは思いもよらず、個人の魂の救いはもっぱら死後の天国に係るものときめこんでいたから、しばしば現状否定の革命運動と化する傾向のあった、このラディカルな至福千年の思想を異端視することをやめなかった。狂熱的な運動は、狂熱的であるだけに、組織としては一時的であることが多かった。

石川淳の『至福千年』は、このヨーロッパの歴史に見えがくれする至福千年の夢を、幕末の江戸に巣くう隠れキリシタンたちの上に投影して、彼らの陰謀や、彼ら同士のあいだの対立抗争を一篇の物語の主軸としたフィクションと見ることができるだろう。作者は階級闘争という視点をつねに堅持して、動乱期の都市の深層にメスを入れる。名作『八幡縁起』や『修羅』以来、乱世における秩序破壊集団としての足軽や非人のエネルギーに目をそそいできた作者は、ここでも、不穏な動きを示す乞食非人の群を江戸の深層から摘出しようとする。そのために、至福千年はまさに恰好のテーマだったといってよいだろう。

物語が展開するのは安政五年戊午（一八五八年）から元治元年甲子（一八六四年）までの六年間で、そのあいだには安政の大獄あり神奈川の開港あり、桜田門外の変あり和宮降嫁あり、生麦事件あり英艦の鹿児島砲撃あり、池田屋騒動あり蛤御門の変ありで、一見したところ、現実の歴史をなぞっているもののごとくだが、決してそうではない。そこには仕掛けがあって、現実にあった歴史と、ありえたかもしれない虚構の歴史とが、二重写しにダブっているのである。勤皇と佐幕、攘夷と開港がごたごた争っている土地の下に、もう一つ別の土地が、その地質学を繰りひろげているのである。もし明治維新のとき、薩長藩閥ではない別の党派が天下を取る可能性があったとしたら、という私たちのだれでもが一度は心にいだいたことのある熾烈な夢想の、これは一つの解答だといってよいかもしれない。こういう歴史があってもよかったと、あえて作者は考えたのだった。

もう少し物語のなかに深く分け入ってみよう。

かつて長崎に学んで異国の教えに目をひらかされたという三人の男が、この物語のなかの相対立する三人のイデオローグとして、それぞれに特徴的な顔を見せる。

まずその一は、もと稲荷神社の神官で、白狐を使う妖術者の加茂内記である。「およそ乞食ほど世に不思議なものがあろうか。貧者の中のもっとも貧なるもの。いにしえ、その身においてなに一つもたぬひとを聖とあおいだためしがあった。貧というものには神秘の値打がある」という内記は、来たるべき江戸革命の日の蜂起のために、乞食非人の群を利用しようとする無政府主義的一揆主義者であり、みずから主宰する「千年会」の理想の実現のためには手段を選ばぬマキャヴェリストである。父は乞食のかしら、母は遊女という童貞の美少年を去勢して、これをキリストに仕立てあげ、同じくマリヤに仕立てあげた身分の卑しい美少女とともに、彼らを地下の御殿に住まわせ、ときどき御開帳におよんで善男善女に礼拝させたりする。井伊大老に秘策を授けて、ひそかに彼から金を引き出すかと思えば、また勝安房や小栗豊後に近づこうともする。

この加茂内記とことごとに敵対して、虚々実々の応酬を繰りかえすのが本所竪川に邸をかまえた松師の松太夫である。内記の所行を「ひとを殺し、筋目《すじめ》をやぶり、世をさわがす。それがなんのためとも知れぬ。西洋でいう無政府のたぐいではないか」と批判して憎む松太夫は、さしずめブルジョワ穏健主義者といったところか。事実、彼は富を手段として、マリヤ信仰をひろめようと腐心しているのであり、やがては英公使オールコックを後楯にして、西洋式の大船をつくり、海外貿易に乗り出そうという野心をさえ心に秘めている人物なのである。

三番目のイデオローグは、もと更紗絵かき職人の東井源左、略して更源である。彼は千年会の会士として、師たる加茂内記の下知に忠実に服してきたが、途中から師の言動にやるかたない疑念をおぼえ、ついに千年会から離脱するにいたる。破門され放逐されて、乞食同然のすがたとなり、辻に立って説法する身となる。さしずめ聖フランチェスコの理想に生きる、破滅型の一匹狼といったところか。あるいはフランス革命期の「過激派説教師」ジャック・ルーを思わせるといっておこうか。一時は乞食どもの弟子が多く付くが、最後はわが身一つになって、かつての職人時代の仕事場で野垂れ死にひとしい悲惨な死をとげる。

そのほかに、イデオローグというのではないけれども、加茂内記の弟子のひとりで、変身の術を能くするじゃがたら一角、またの名を綺羅里金平と称する人物なども興味ぶかい。のちに権力志向の日和見主義者に堕した内記に叛逆して、「無道をおそれず、悪逆をはたらき、我意《がい》のつのるところをおこなって、はばかりなく押しつらぬけば、ついに神はわが身のうちにこそあれ、われこそ神とさとって、無上正覚《しょうがく》をうるに至るべし。まして、生得自然の悪人にとって、これぞ福音《ふくいん》よ」などとうそぶくところは、かのヨーロッパ十四世紀の自由心霊派異端の口ぶりにそっくりだといえるかもしれない。

これらの信仰に生きる人物たちとは別に、いわば狂言まわし的な役割をつとめる人物として、今戸河岸の一字庵に隠棲する俳諧師の冬峨なる男についても一言しておかねばならぬ。旗本くずれの道楽者で、遊芸師匠の延登喜なる女を情人とし、日夜、酒を食らいつつ冷めた目で動乱の世相を眺めている冬峨には、おそらく作者の代弁者といった面もあるにちがいない。おもしろいのは物語の終りに近く、この「にせ隠者」と呼ばれる人物が旧知の勝麟太郎を頼って、フランスへ渡るために神戸から外国船に乗りこむという設定だろう。私はただちに思い出すが、『白描』の鼓金吾も一色敬子も、また『白頭吟』の尾花晋一も、それぞれ小説の最後にいたって憑かれたように日本脱出をこころざすのである。いや、最近作の『六道遊行』の最後で、やはり冬峨に似た狂言まわし的人物である盗賊の小楯が、念願の咒法《じゆほう》を修めるために仲間を捨てて葛城山をめざすのも、この日本脱出のヴァリエーションの一つと考えてよいかもしれない。どうやら石川淳の長篇小説の結末は、この日本ならざるユートピアとしての外国からの呼びかけによって、主人公が故国を捨てる決意をするというパターンになることが圧倒的に多いように思われる。

『至福千年』に登場する主要な人物をざっと紹介したところだが、もしかしたら、この小説の真の主人公は、一角によって「およそ下司の中の下司、身分の底をついて下下《げげ》にうまれ、この世に生を享けたことが罪ときわまったもの」と呼ばれたような、乞食非人をはじめとする無名の下層民衆そのものではなかったろうかという気がしないでもない。千年会の首魁がことごとく堕落し窮死して、江戸革命の夢がむなしく潰え去っても、解放を求める下層民衆の無意識の運動は決して絶えることがないかのごとく、小説『至福千年』のラストシーンは「ええじゃないか」の群衆の囃しつつ舞いくるう光景によって覆いつくされてしまうのである。このあたり、ペーター・ヴァイスの戯曲『マラー／サド』の大団円で、あらゆる政治的意見が出つくしたあと、瘋癲病院《ふうてんびょういん》の患者たちの気ちがいじみた大さわぎによって芝居の幕が閉じられるところと、似ているといえば似ているようにも感じられる。忘れがたいラストシーンだ。

私は『至福千年』のイデオロジックな面にばかり言及して、あたかも江戸名所図会の世界を思わせる、この小説のアトモスフェリックな面をいささか閑却したのではないかと恐れる。飛鳥山の桜から大川の螢まで、四季折々の風物を配した江戸の町のデッサンは、石川淳ならではの心にくいばかりな巧みさで、この観念小説にくっきりとした幾何学的な光の効果をあたえており、私たちは百年前の江戸の町並に、次々に立ちあらわれる影のような登場人物とともに、つい足を踏み入れたような錯覚をすらおぼえるのだ。いくたび読みかえしても、興趣つきるところのない小説である。

現代の随想「石川淳集」解説

この集で、私は石川淳さんのダンディズムを存分に示したいと思った。ダンディズム、つまり精神のおしゃれであり、当世ふうにいえばカッコよさである。べつだん若い読者層をねらったわけではないけれども、私は石川淳さんのカッコよさにもっぱらスポットライトをあてるような編集をしてみたいと思ったのである。はたして成功したかどうか。

もっとも、石川さん御自身は、ダンディズムという言葉をほとんど使ったことがないのではないかと思う。おしゃれとか、粋ごのみとかいったヴォキャブラリを石川さんはよく使う。虚栄心などという言葉をぬけぬけとお使いになることさえある。まあ、言葉の詮議はどうでもよく、私はただ、このダンディズムなりおしゃれなりが、精神の価値をあらわすものだということをここで一言注意しておけば足りるのだ。

石川さんの専売特許ともいうべき、あの今ではあまりにも有名になってしまった「精神の運動」という言葉を引合いに出すならば、このダンディズムなりおしゃれなりも、明らかに「精神の運動」の一様態と考えてよいであろう。

たとえば『夷斎筆談』にふくまれる「面貌について」という秀抜なエッセーなどは、その意味から、この集の冒頭を飾るにいかにもふさわしい、石川さんのダンディズム宣言のようなものだと考えて差支えないのではないか。面貌に直結するところにまで生活の美学を完成させた、西欧のエピキュリアンに似ていなくもない明清の詩人のことから、小説が取扱うべき人間エネルギーの運動のことにまで話が展開するが、この話を引っぱってゆく主導観念はただ一つなのである。すなわち、おしゃれの理想と散文の理想とが一直線につながっているのである。私が「面貌について」を本書の冒頭に置いた意味を、読者はよろしく汲んでいただきたい。

「恋愛について」の主題も、本質的には前のそれと異らないだろう。私はかつて、「石川文学の永遠のテーマは、歴史と生活の場における、精神と物質との必然的なせめぎ合いにあるだろう」と書いたことがあるけれども、精神の支配の側から見れば肉体の叛逆とも見なされる恋愛は、やはり必然的に精神と物質とのぶつかり合う場なのである。

このエッセーの冒頭近く、石川さんはまず、「陽根の運動は必ず倫理的に無法でなくてはならない」という、胸のすくような定言的命令を読者にたたきつける。私はひそかに思うのだが（そして、このことはまだだれも指摘していないのだが）、石川さんには一種のファリック・ナルシシズムがあるのではないだろうか。いや、きっとそうにちがいあるまい。なにもフロイト式の勘ぐりをはたらかせるには及ばず、石川さんの小説を読めば、力づよい陽根をふり立てた無法者にはいくらでもお目にかかることができるのだ。

「技術について」——これも私の好きなエッセーである。ここでは、文明というパースペクティヴから眺められた、技術と進歩との追いつ追われつの関係が精密に論じられている。石川さんによれば、おのれの身についた掛替のない技術をもっているのはアルティザンだが、アルティストは、この技術を決して運動の限界とはしないような人間だ。芸術家という人間はいつも便利なものを好む。この便利なものの象徴が、石川さんの場合、小説「明月珠」その他に出てくる自転車という乗りものであることは自明であろう。

「金銭談」は『夷斎俚言』から一つだけ選んだエッセーで、その歯ぎれのいい伝法なスタイルは石川さんならではのものである。ここに出てくるエピソードのうち、とくに見るべきものは第二の坊主と泥棒のそれだろうか。「精神にとつては、行為の修正をかんがへるといふことこそ、かりそめのイツハリよりもはづべきことだよ」と石川さんはきっぱりという。つまり、いかなる場合にも絶対にあともどりをしないという精神である。かように石川さんの倫理はつねに定言的である。

「譜」は『夷斎清言』から選んだ。文人の遊戯としての、譜を編むということについて語っているが、この譜もまた、いわば精神と物質のぶつかり合う場と考えてよいかもしれない。物質というよりも、ここではむしろ端的に物といったほうがよいであろう。玩物は随筆の家とともに今日すっかり亡びてしまったが、「全体としての物の何たるかを見直すために、かの動物植物鉱物を、ふたたび学術の家から呼びもどして、あたらしい随筆の家に於てこれをたしかめる必要があるかも知れない」と石川さんは将来の可能性を示唆している。とくに生まれつき玩物を好む私には、これは力づよい呼びかけのように聞える。

石川さんは戦争中、好んで江戸に留学していたそうだが、同じく『夷斎清言』にふくまれる「狂歌百鬼夜狂」などのエッセーは、この留学の戦後における報告として読むことができるだろう。江戸のhappy fewの運動としての天明狂歌と、十九世紀末フランスのサンボリスム運動とを対置して、その似ているところと似ていないところとを作者は鋭く弁別する。この天明の狂歌師が彼らの美的生活の範としていたのは、明清の詩人のそれであった。石川さんの博識が和漢洋におよぶことは世間周知だが、この三極構造が有機的にがっちり組み合わされていることを、このエッセーは何よりも明瞭に語っているように思われる。

「石濤」は石川さんの神仙ごのみの一例として、とくに採録した。ただし、龍に乗った神仙のすがたは石川さんにとって、決して古くさいお伽話のなかの図柄ではなく、もっとも便利なもの、もっとも文明的なものを意味するのだということを、読者は知っておかねばならぬ。「神仙伝を虚構だとかんがへるよりも、それが真実だとかんがへたはうが人間の生活を充実させる所以にほかならない」と石川さんはいう。

「すだれ越し」「一冊の本」「宇野浩二」「ドガと鳥鍋と」「倫敦塔その他」「コスモスの夢」「椿」などは、おのれを語ることをつねにきびしく抑制している作者が、めずらしく若き日のすがたを垣間見せた珍重すべきエッセーとして採録した。それにしても少年の西洋への夢を語った一篇「コスモスの夢」の美しさはどうだろう。小説「虹」の最初と最後の場面に、この波うって咲きみだれるコスモスの一むらのレミニッセンスが反映しているのを、石川文学のファンならばただちに思い出すだろう。

「敗荷落日」は、読むたびに私を同じ感動に誘いこむ恐るべき文章である。いままでに何度読んだか分らない。この文章について、かつて「竹林の七賢のひとりが母の喪に痛飲泥酔したという故事を思い出した」と書いたのは桑原武夫氏であるが、たしかにその通りで、死者に鞭打つ苛烈な口ぶりの裏に堰きとめられた万斛の涙を、私たちはそこに見ないわけにはいかないのである。ちなみに、石川さんはすでに荷風の享年よりも長く生き、しかも一向に衰えを見せぬ、みずみずしい筆力をいまに示している。

「ドガと鳥鍋と」は、世間でいうところのいちばん日本的な、随筆らしい随筆といえるかもしれない。上野の博物館へルーヴル展を見にゆく話から、ドガの「取引所にて」のこと、クレーの絵のこと、反芸術とダダのこと、乾隆洋彩のこと、そして最後には鳥鍋のシャモとネギのことにまで話がおよんで、しかも不思議に首尾一貫している。ここでもまた、私が前に指摘したところの、石川さん独特の精神と物質のせめぎ合いという視点が、一本の赤い糸のごとくに見てとれるからだろう。

『レス・ノン・ヴェルバ』からは私の気に入っている「居所」一つだけを抜いた。このエッセー、応仁の乱時代に材を得た名作「修羅」の背景としても読まれるべく、また当節流行の都市論としても出色の先駆的作品であろう。

すでに「石濤」があるにせよ、絵画論として「宗達雑感」一篇しか採れなかったのは、いささか編者として心残りである。「玉堂風姿」か「蕪村風雅」かを採るつもりでいたのだが、ページ数の関係で割愛せざるをえなくなったことをお断わりしておく。

「仏界魔界」――いかにも魔神のお好きな石川さんらしい仏像の観察である。仏像というのは、伝承による良弁僧正の念持仏だ。それにしても石川さんに眺められると、ついホトケも魔のような面相をあらわしてしまうのではないだろうか。そんな気がしてくるほど、このエッセーも石川さんの骨法そのもので、想像力がぐんぐん闇を切りひらくのである。一風変った奈良の寺めぐり、おもしろいエッセーというほかない。

「京伝頓死」「六世歌右衛門」については、取りたてていうべきこともない。そのまま読めば分る文章である。

さて、こうして苦心の末に二十篇を選んでみると、この私の編集がはたして最上のものであったかどうかという不安が、ちらと私の心をかすめないものでもない。しかし、そんな不安は無視することにしよう。どれを取っても、もともと石川さんのエッセーに大きな優劣はなく、しかもテーマはつねに本質的に変らなかったはずなのであり、してみれば編者はだれでもよかったのである。

石川淳『六道遊行』

もう三十年も前のことだが、かつて花田清輝が石川淳の神仙ごのみを批判して、「仙人気どりなど時代おくれというほかない」と断じたことがあった。いま思うに、これは明らかに花田の勇み足である。石川淳いうところの「官とは切っても切れないくされ縁」のある儒の立場とくらべればはっきりするが、老荘あるいは神仙の思想は古いどころか、その尖鋭なアナーキズムが近年あらためて見直されているほどだからだ。

この『六道遊行』においても、葛城山で咒法を修めんとする盗賊小楯のそれをはじめとして、石川淳の昔ながらの神仙ごのみを思わせるエピソードは随所に出てくる。八十四歳の夷斎先生が悠々としてあそぶ世界が、奈良時代と現代とを股にかけた、かかる神仙もどきの世界だとしても一向に不思議はないのである。

谷崎潤一郎が晩年に『鍵』や『瘋癲老人日記』を書いたとき、身も蓋もないような形でさらけ出された、そのエロティシズムへの固執に私は衝撃を受けたものだが、この『六道遊行』にも、ちょっとそれに似たような感じを味わった。

「陽根の運動は必ず倫理的に無法でなくてはならない」というのが石川淳の恋愛に関するテーゼであることは私もつとに承知していたし、事実、石川淳のこれまでの小説に、力づよい陽根をふり立てた無法者は何人となく登場していたのだが、老年におよんで、これほどあからさまに、陽根の運動そのものをテーマとした物語が書かれようとは、じつのところ、私には想像もつかなかったからである。

玉丸という巨根をもった石川淳ごのみのスーパー・ベイビーが出てくるが、この原形はすでに『荒魂』の佐太に見ることができるだろう。ただし、このたびのスーパー・ベイビーのアットリビュートは、あくまで巨根ひとつに単純化されている。この物語では現代と奈良時代とが合わせ鏡のようになっているので、玉丸に対応する奈良時代の巨根の主は、かの音に聞こえた道鏡である。「姫のみかど」すなわち孝謙女帝を中心として、仲麻呂やら百川やら真備やら道鏡やらといった、それぞれに陽根をもった男どもが暗躍するので、これは陽根女陰の力学という見地から眺められた、一つの戯画化された政治史といってもよいだろう。

SF仕立てに千年の時空を超えて、現代と奈良時代とを往復する盗賊の小楯は、いわば狂言まわしであり観察者であるが、私はとくにこのしたたかな人物のもらす片言隻語のうちに、たとえば『至福千年』における俳諧師冬峨のそれにも似た、作者たる石川淳そのひとの述懐を見

た と思った。

「そもそも咒の法を修めることは死と直面することにある。道のきはまりは、そこに死を見るほかない。今にして、おれはおくれてそれをさとつたぞ。おもへば、今までのおれの生涯は死神を背に負うて山坂を越えて来た。遠くにも近くにも、行くさきざきに死者が出て、見わたすところ血の海よ。ここに、おれみづから死にちかづかうとしてゐる。魯の孔丘は老イテ死セズ是ヲ賊トナスとぬかしたさうな。生は死のともがら、死は生のはじめと知らぬか。」

こういう文章を読まされると、石川淳というひとは、いくつになってもガキっぽいことをいわずにはいられないひとなのだな、と私は胸が熱くなるのをおぼえるのだ。

そういえば、玉丸の後見人である成りあがりの事業家、これは巨根ではなくて巨腹をもった浦見大造という男も、おもしろいことをいう。

「ばか教師がなにを知つてをるか。こはれたものをあとから継ぐといふ思想がわしには気に入らん。茶碗は割れば消える。ものは消えるといふことを知ればそれでよいではないか。あとの始末は掃除番にまかせておけ。窓ガラスに黄金のボールを投げつけてあそぶのが貴族のあそびだ。窓もボールもどこかに吹つ飛んで、空虚の中に当人がゐる。空虚こそ貴族の立つところぢやよ。」

老荘的アナーキズムの一閃で人も物もことごとく薙ぎ倒されてしまうから、ここには間違っても記号学なんぞの出る幕はないのである。「あとの始末は掃除番にまかせておけ。」ひょっとすると、記号学というのは掃除番のことではないだろうか。——こういう楽しい空想を気ままにめぐらすことができるのも、この天衣無縫な小説『六道遊行』を読むことの功徳というものであろう。

これまで石川淳の書いてきたフィクションを大きく分ければ、『修羅』や『八幡縁起』や『至福千年』のような時代ものと、『白描』や『虹』や『荒魂』のような現代ものとに分けられるかもしれない。ところで、この『六道遊行』は、杉の巨木の空洞というタイムトンネルによって、千年の隔りを飛び越え、二つの時代を合わせ鏡のように対応せしめたところが新機軸であろう。『六道遊行』は時代ものであって、しかも同時に現代ものである。そして合わせ鏡の中心に位置する巨木の空洞は、明らかに子宮あるいは母胎を暗示している。陽根原理を体現する玉丸は、その母真玉によって体現される子宮原理を蹴ちらして成長するのである。

こう見てくると、『六道遊行』は石川淳の小説としてはめずらしく、男性原理と女性原理の角逐を描いているのではないか、という気がしてくる。「必ず倫理的に無法でなくてはならない」陽根の運動は、最後に玉丸において「おれはひとりで行く。おもふままに振舞ふ。たれの世話にもならない。じやまなやつはどけ」という勝ち誇った台詞になって現われる。

性差をできるだけ少なくするのが今日の若者文化のようであるが、石川淳はあくまで陽根主義者として当代に屹立している。

大岡昇平さんのこと

昭和三十六年に思いがけなくもサド裁判の被告というものになったおかげで、私は多くの文学者と知り合う機会にめぐまれた。そんなことでもなければ、私のように引っこみ思案の人間が、たとえば今では故人となってしまった青野季吉、伊藤整、高見順、船橋聖一、阿部知二、中島健蔵、椎名麟三などといったひとたちと、親しく言葉をかわすチャンスはなかったはずなのである。

そして私が大岡昇平さんと知り合ったのも、まさしくサド裁判のおかげだということを考えると、あの二十年前の裁判は私にとって禍いだったのか幸運だったのか、よく分らなくなってくる。人生というのは、なにがどういう結果をもたらすことになるか、まったく分ったものではないという気がしてくる。

大岡さんの凝り性や調べ魔ぶりについてはすでに多くのひとが語っているが、サド裁判の証人として出廷することをお願いすると、ただちにサドの勉強をはじめられ、わざわざ鎌倉の拙宅に足を運んで、必要な参考文献まで洩れなくノートにとって行かれたのには驚いた。裁判のあいだ、ずいぶん大勢のひとたちに証人に出てもらったが、ここまで徹底して、サド文学そのものに真正面から取り組んだひとはいない。

サド裁判の記録を読みかえしてみると、昭和三十六年十二月十五日に行われた大岡さんの証言は、えんえん三十ページにもおよぶ長いもので、のちに大岡さん御自身が「ひどい目にあった」と述懐しておられるように、さぞやうんざりなさったことだろうと察せられる。若気のいたりで、私もずいぶん勝手なことを言って弁護士を困らせたり、文芸家協会のお歴々を顰蹙《ひんしゅく》させたりしたものであった。とくに中村光夫さんや大岡さんには、こちらにフランス文学の先輩という意識があったためか、すっかり甘えてしまったような気がしている。

そのころ大岡さんは五十代の前半（ちょうど現在の私と同じ年ごろ）だったと思うが、それから七十代の今日にいたるまで、その知的好奇心は一向に衰えを見せず、最近ではドゥルーズやガタリまで読んでいらっしゃるらしいことを聞きおよぶと、私は今さらのように感心してしまう。そして感心すると同時に、いささか歯がゆいような気持にもなる。事もあろうに天下の横綱が、ヨーロッパくんだりのふんどしかつぎの意見を拳々服膺しているように見えないこともないからだ。

ここまで書いてきて、たまたま小林秀雄さんの訃報に接した。まったく偶然である。そこで小林さんと大岡さんとをどうしても比較したくなってしまうのだが、これはなかなか興味ぶかい問題だ。早い話が、おそらく小林さんは横綱らしく、ドゥルーズやガタリなんぞ歯牙にもかけなかったであろう。どちらがいいとか悪いとかいったことではなく、人間のタイプとして、この二人は明らかに対照的である。みずから好んで女性的とかマゾヒスティックとか自己規定しておられる大岡さんは、自己完結的に生きた男性的な小林さんとは違ったかたちで、実り豊かな老年を迎えているといえよう。

ときどき、突拍子もない時に、大岡さんからお電話をいただくことがある。一年ばかり前にも、

「今、富永太郎のことをしらべてるんだが、あなたの訳したユイスマンスの『さかしま』には序文がありませんね。じつは富永が、その序文の抜き書きをしてるんですよ。」

ありていに言えば、同じような趣旨のお電話を、私は二、三年前にも大岡さんから一度いただいている。たぶん大岡さんは、長いあいだ中断していた富永考証を再開されたので、前のことを失念されたのにちがいない。そう思って私はあらまし次のように答えた。

「あの序文は、晩年の作者が旧作を回顧した文章なんです。小説が発表された当時は、序文なんか付いてなかったんですよ。だから、まあいいやと思って、つい無精をきめこんで訳さなかったんです。」

「それじゃダメじゃねえか。」

急にこんな伝法な口調になるのは、大岡さんや小林さんをもふくめた、いわば東京者に特有な親しみの表現でもあろうか。そんな時には、こちらとしてはにやにやしながら、頭でもかいていればいいのであるが、まさか電話の前で頭をかくわけにもいかない。かいても先方には見えないからだ。

そこで私は恐縮しながら、筑摩書房の「世界批評大系」第四巻のなかに、松室三郎訳になる『さかしま』の序文が入っていることをお伝えして、しどろもどろに電話を切った次第であった。

埴谷雄高のデモノロギー　銅版画の雰囲気

昭和八年に豊多摩刑務所を出所してから以後の数年におよぶ無職時代、埴谷雄高氏はもっぱらラテン語とデモノロギーに耽溺《たんでき》したという。その耽溺の期間には、しばしば異常な努力の早起きをして、そのころ移り住んだ井之頭公園に近い吉祥寺から、九段下の大橋図書館まで通ったという。このことは、埴谷氏の多くの文章のなかで断片的にふれられているが、例のごとき氏の韜晦癖と抽象癖のため、あまり読者をして具体的なイメージを喚起せしめるようには書かれていない。たぶん、「悪魔観の退歩」という文章のなかの一節が、いちばん具体的な記述ではないかと思われるので、まず最初に、少し長いけれども、その部分を引用してみることにする。

「深夜目覚めている不眠症が苛らだちと落ち着きの共存する果てしもない魔の世界への入口となっているその頃、私は、偶然、デモノロギイに関する多くの書物が九段下の大橋図書館に所蔵されていることを知った。それらの書物にはすべて、安田蔵書という印が押してあったが、この特殊な類の書物がだいたい高価であり、また、蒐集《しゅうしゅう》困難なものであることを思えば、この安田が恐らく安田一族に属するブルジョアの家庭に生れたところのアンニュイにひたり深い偏奇へのめりこんだ風変りの息子で、さらに恐らくは、その無為な人生を終った死後に、それらの書物がすべてこの図書館へ寄付されたのかも知れないと想像されるのであった。それらの書物は、屢々、大判で多くの凸版を収めた豪華本であったので、この図書館では、特別図書と名づけられ、多くの閲覧者が絶えず立ち動いている貸出所のすぐ前に置かれた大机の上でのみ閲覧を許されるのであったが、精霊や呪術師や魔女についての書物ばかりでなく、さまざまな判の豪華な美術書、例えば、ハウゼンシュタインの『美術における裸体』、『あらゆる時代と民族にわたる美術における裸体』といった写真版の豊富な美術書の蒐集にも異常な関心を示していたその安田という謂わば同質の偏奇の傾向をあますところなく示している人物についても、大判の書物のなかのさまざまな興味深い事物について暗く思い耽るのと並んで、私は、屢々、宙に視線を上げた放心のなかで一種病的な匂いのしなくもない暗い想像にふけることがあったのである。」

九段下の大橋図書館といっても、近ごろでは知るひとも少ないであろう。博文館を創立した実業家の大橋新太郎が明治三十四年、巨費を投じて建てたもので、わが国における私立図書館の嚆矢である。ところで、埴谷氏がここに通ったのは昭和九年前後ということだが、じつをいうと、それから十年と少し経った戦後の昭和二十二年ごろ、当時旧制高校生であった私もまた、この図書館にかなり足繁く通った記憶があるのである。まだ焼け跡のなまなましい戦後二年目の東京でめぼしい図書館といえば、上野の帝国図書館（現在の国立図書館）をのぞいては、この大橋図書館と京橋図書館ぐらいのものではなかったろうか。

いまや記憶もめっきり薄れかけているが、たしか私の頭のなかにある大橋図書館は、九段下の四つ角からお堀に沿って一ツ橋方面へ少し行ったところ、つまり牛ケ淵公園の旧軍人会館の前あたりではなかったかと思う。いかにも明治を思わせる陰気な褐色の石造建築で、夏でもひんやりとしているような感じの建物だった。どういうものか、私が想い出そうとする大橋図書館は、きまって陰鬱な雨の日の光景で、私はそこへ傘をさして出かけて行き、傘をたたみながらアーチ形の入口をくぐるのである。そんなアーチ形の入口が果たして本当にあったかどうか、じつのところ私の記憶はすこぶる曖昧なのであるが、もういまでは、それ以外のイメージは想い浮かばなくなってしまっているほどだ。必ずしも『死霊』の影響ばかりではあるまいと思うが、たしかに『死霊』のなかに出てきてもおかしくはないような、それは極端に陰鬱な図書館のイメージなのである。

旧制高校生の私は、むろん、そこで悪魔学の文献を閲覧していたわけではない。そんな世界があることは、まだ一向に知らなかったからである。私が気ままに閲覧していたのは、そのころ学生の身では入手困難だった、第一書房や野田書房や厚生閣書店から昭和初年に出た文芸書、それもとくにフランス文学関係の翻訳書だった。春山行夫編集の「現代の芸術と批評叢書」などを、私はここですっかり読んでしまったようにおぼえている。大橋図書館はその後、所蔵本をごっそり東京のどこかへ移転したはずであり、その移転先にも一度、たしかに私はおもむいたことがあるはずなのだが、記憶の欠落というのはふしぎなもので、それがどこであったかを完全に私は失念しており、いくら想い出そうとしても想い出せないのである。いうまでもあるまいが、現在の九段下には、すでに大橋図書館は存在していない。

思わず自分のことを長々と書いてしまったが、ここらでふたたび埴谷氏の悪魔学に話題をもどさねばならぬ。

そもそも埴谷氏はなにを求めて、青年期の一時期、悪魔学に耽溺したのであろうか。あるいは別の言い方をすれば、大橋図書館におけるデモノロギーとの親近から、青年時代の埴谷氏はいかなる啓示を受けたのであろうか。昭和二十六年に書かれた「あまりに近代文学的な」というエッセーのなかに、次のような一節がある。

「灰色の壁から出たのちの私は、馬鹿げたことには、ひたすら、論理学と悪魔学に耽溺した。それらは一見奇妙な領域であったが、私にとっては、その二つはシャム兄弟のごとくに一端が結びついている双生児であった。ひとつは私の思考を厳密に統御する巨大な壁にも似た不快な形式で、他のひとつはあらゆる制約と形式を破って奔出しようとする生のエネルギイの最も始源的なかたちと私に思われた。」

具体的にいえば、この二つのシャム双生児のような領域というのは、カントの哲学とドストエフスキーの文学と言い直してもよいのであって、埴谷氏のいわゆる悪魔学という概念は、ここに見られるように、かなり幅の広い文学的な概念であるということを知っておく必要があろう。また、この二つのシャム双生児の考察からただちに導き出される、たとえば次のような注目すべき発言もある。これは前に引用したエッセー「悪魔観の退歩」のなかの一節だ。

「私がデモノロギイに耽溺したのは、勿論、さまざまな不透明な、愚かしい、無気味な夾雑物《きようざつぶつ》のあいだに私達の精神の志向の裸かのかたちをかいま見て、さながら闇の遠い奥底に一点の微光を見出すごとくに、私達が私達自体の現存のかたちを越えようとする絶えざる努力を試みつづけてきた果敢な証跡を窺い知ることにあったが、と同時に、白昼に活動し、夜は休息する種類の非連続的動物として進化してきた私達が、いかに白と黒、善と悪、真と偽という二元的な考察法の格闘から離れられないかを魂の底まで思い知ることにもあったといえるのである。」

ほとんど世界のあらゆる宗教のもとに見出される善悪の二元論は、呪術とともに発達したと考えてよいであろう。自然の従っている生命のリズム、光と闇のサイクル、人生における喜びと不幸の交替などが、いずれにせよ人間に、世界には善と悪の霊が存在するという考え方を受け容れざるをえなくしたであろうからだ。むろん、私たちは今日、呪術が支配的な世界に住んでいるわけではないが、公許の宗教によって禁圧された、禁断の学としての悪魔学への接近が、思いもかけない領域へ私たちの精神を解放してくれるというのは、まさしく埴谷氏の述べている通りであって、ブレイクやボードレール以来、あるいはジャック・カロやゴヤ以来、ヨーロッパの芸術家たちは、この間の事情については知悉していたと見るべきなのである。ただし、日夏耿之介のような西欧通の学者をのぞいては、これまでの日本の文学界では、悪魔学への親近を公言する作家は絶えて現われなかった。この点で、埴谷雄高氏は稀有な存在であり、その形而上学にデモノロギーの背骨が一本ぴんと通っているところに、なによりも埴谷氏の思想の強靭さを私たちは見なければならないのである。

ふたたびここで私事にわたることをお許しいただきたいが、昭和三十六年、若年の私が『悪魔術の手帖』という、いまから考えれば汗顔の至りというしかないような悪魔学の本を出したとき、埴谷氏は好意ある書評を書いてくれたのであり、その後も『毒薬の手帖』『夢の宇宙誌』などといった、同じ系列の本を私が出すたびに、氏はいちいち懇切な紹介の筆をとってくれたのである。これもひとえに氏の悪魔学好きのおかげであろう。「宇宙論とか悪魔学についての広大晦渋な論題が提出されると、夜昼ぶっとおしでその果てしもない論題にのめりこんでしまって倦むことがないといった種類の偏った嗜好と性癖をもった人物がいる。打ち明けていえば、私もまたそうした人物のひとりであって、内心では、偏っているどころか、人間精神の本来の発動のかたちに沿って考えつづけているにすぎない、と堅く思いこんでいるのだけれども、異端邪説となるとぞくぞく身震いするほど喜んでそこへのめりこんでしまう私を、彼等の一員とは認めないところのオーソドックスの世界があまりに健全無比なので、いささか故意に、私はたしかに偏っているといった見せかけの振舞いをつづけているのである。」

これは拙著『夢の宇宙誌』の書評として書かれた文章の冒頭であるが、氏の悪魔学好きが骨がらみのものであることを示す好個の例といえよう。『フランドル画家論抄』の著述もある埴谷氏が、ヨーロッパの美術に造詣がふかいのは当然であるとして、さらにエロティシズムや映画に対しても一見識をもっていることは、いかにもこの悪魔学好きの偏奇者にふさわしい。この埴谷氏の偏奇なものに対する旺盛な好奇心とでもいったものを、埴谷氏自身の言葉を引用して説明すれば、「実際のところ、人間の驚くべき可能性について徹底して考えることは、こうした偏った嗜好と性癖なしには到底なしがたい」からなのである。

この青年期における悪魔学に対する嗜好ないし親炙が、埴谷氏の後年の小説のなかに、いかなる具体的なかたちで現われているかを知るためには、『死霊』を一読してみるに如くはなかろう。『死霊』という小説それ自体が、デモノロギー的な思考によって組み立てられた形而上学的実験小説だからということもあるにはあるが、それ以外にも、たとえば津田康造と首猛夫の展開する懸河の弁舌のなかに、魔術大王ゲーベルだとか、黒い魔術に対する白い魔術だとか、真昼の悪魔だとか、ワグネルのつくりあげるホムンクルスだとかいった、いわば悪魔学的なテーマをもった観念が数多く封じこめられているのに私たちは気がつくからである。驚きあきれる津田夫人を相手に、首猛夫は中世の悪魔に関する長広舌をふるう。

「おお、中世とは、一つの巨大な坩堝をもった、人間精神の実験室なんです！　そこにはあらゆる精神の蠢きが覗かれる。神秘な夜の讃歌や奇怪なまでに複雑極まりない陰謀や大胆不敵な冒険などが、その夜の世界を多彩に色取っている。そして——おお、これこそ、奥さん、最も重要な特徴だが、あらゆる種類の悪魔がそこに跳梁《ちようりよう》しはじめるんです。人間の望むあらゆる魔力がこの夜の世界を横行しはじめるんです。おお、奥さん、この『あらゆる種類の』という形容句に注意して下さい。この巨大な実験室を徘徊する悪魔達が、あらゆる種類を網羅しているってことは、注意に価いする事実ですからね。」

埴谷氏の『死霊』には、小栗虫太郎の探偵小説『黒死館殺人事件』の影響があるのではないか、という珍説を立てたひとがあったが、この説は埴谷氏自身によってあっさり否定されたようである。私としても、このことにこだわるつもりは毛頭ない。ただ、悪魔学的雰囲気が蒼古たる銅版画のモノクロームの色調をもって、小説の全体に一貫して流れているという点では、この両者はよく似ているように感じられるのである。丸谷才一は、埴谷雄高に萩原朔太郎とよく似た点のあることを指摘し、その意味で、埴谷文学には大正文学的な要素が見出されるということを述べている。これもおもしろい意見で、そういえば確かに朔太郎の小説『猫町』にも、蒼古たる銅版画の雰囲気が流れているのだ。

『死霊』第三章は、きわめて印象ぶかい霧のなかの夜の運河と橋の描写によって終っている。「幻想的な都会の幻想的な霧であった」と作者は書いている。埴谷氏はしばしば、若いころ、泪橋を中心とした隅田川付近を深夜に彷徨したと語っているが、おそらく、この『死霊』第三章の終幕も、そうした若き日の体験が土台になっているのであろうと想像される。この意味からも、『死霊』は根っからの都会文学というべきで、都会文学であればこそ、また大正文学的な要素も色濃く見出されるというわけであろう。そして、私が想い出のなかの陰鬱な大橋図書館に、なにがなし埴谷文学的な雰囲気を感じてしまうのも、同じメカニズムのしからしむるところではないだろうか。

なにやら大正時代めいた都会の銅版画の雰囲気。これは、埴谷氏のデモノロギー耽溺の気分と、まさにぴったり一致しており、前者は後者の背景として、これ以上のものは考えられないほどふさわしいのである。

鷲巣繁男追悼

鷲巣繁男さんと最後に会ったのは、たしか昭和五十五年の十二月、渋谷の西武デパートにおける野中ユリ個展の会場でだったと思うから、亡くなる二年前のことだ。亡くなる前の年に高見順賞を受け、その記念パーティーがあったそうだが、その席には私は出なかったので、お会いする機会を逸したのは返す返すも残念なことだった。

野中ユリ個展の会場に、鷲巣さんは例のごとく、黒い二重まわしにソフト帽といった、古典的なダンディーのいでたちで現われたのを私はおぼえている。ところが二重まわしをぬぎ、丁寧に襟巻をはずして、どっかとソファーに腰をおろすと、着物の裾から駱駝のズボン下がちらちら見えているので、私は口もとがほころびるのを禁じえなかったものだ。持病のため、寒さには極端に用心深かったのである。

たまたま鷲巣さんの正面のソファーに中村眞一郎さんがすわっていて、びっくりしたような顔をして、この和服すがたの威風堂々たる怪人物を眺めていたので、私が御両所を引き合わせた。腰をおろしたばかりの鷲巣さんは、にこにこしながらふたたび悠然と立ちあがった。中村さんも、かねて鷲巣さんの詩業には通じていたと見えて、すぐに笑顔で立ちあがった。

交際範囲が至ってせまく、あまりパーティーなどに顔を出す習慣のない私が、こんなふうに、たがいに未知なふたりの文学者を紹介するなどということは、それこそ稀有なことなので、その晩のことは奇妙によくおぼえているのである。

その晩、酒を飲まない（飲めないのではない）鷲巣さんをひっぱって、十数名でどやどやと某スペイン料理店に席を移してから、私は酔いにまかせて軍歌をわめきちらしたが、これは一つには、実際に一兵士として召集されて中国大陸に転戦した経験のある、鷲巣さんの反応を見たいと思ったからであった。もしやと思ったが、鷲巣さんは顰蹙しなかった。それどころか、口のなかで小さな声で、私の歌に唱和し出したのには驚いた。

過ぎし日露の戦いに
勇士の骨を埋めたる
忠霊塔を仰ぎ見よ

戦争については、私たちの窺い知ることを許さないような、複雑な思いをいだいている鷲巣さんだった。よくおぼえているが、鷲巣さんは或るとき、いわゆる南京大虐殺がいかにやむをえざる事情のもとに発生したかについて、訥々として弁じたものであった。「松井さんが命令したわけじゃない。松井さんはそんなことをするひとじゃありませんよ」と鷲巣さんは強くいった。ちなみに松井さんというのは、南京事件の責任者として絞首刑になった松井石根大将のことである。

鷲巣さんの長電話はあまりにも有名だったが、或るとき、鷲巣さんは私を相手に「足切り」という言葉の野蛮さに関して、えんえんと訴えたことがあった。心底から腹を立てているらしく、こんな言葉は絶対に使うべきではないと息まくのである。足切りというのは、じつは私もよく知らなかったのだが、選抜試験で受験者の数が多すぎるとき、本試験の前に簡単な予備試験をして、受験者をふるい落すことをいうらしい。

「新聞に大きな活字で足切りと書いてある。私は新聞社に電話で抗議しましたよ。こんな残酷な言葉を聞いて育った子どもが、どんな人間になることか……」

新聞で足切りという活字を目にしただけで、鷲巣さんの眼前には、むごたらしく両足を切断された人間のイメージが、まざまざと思い浮かぶのであるらしかった。不謹慎な言い方になるかもしれないが、しかし、この足切りというイメージはいかにも鷲巣さんにふさわしい、と私は思ったものである。人間の悲惨に鋭く反応するひと、本人の気に入りの言葉でいえば流謫《るたく》するひと、それが私の頭の中にある鷲巣さんというひとだったからだ。

北鎌倉の拙宅へは、たしか鷲巣さんは二度ばかりお見えになったのではなかったかと思う。はっきりおぼえているのは、拙宅で音楽家の高橋悠治さんと同席したことがあったことで、なんだったか忘れたが、なにかのテーマで鷲巣さんは高橋さんと議論をした。飄々たる天才少年のおもかげを残した高橋さんと、重厚で篤実な感じのする詩人との対照がおもしろく、私はそのときのシーンを強く脳裏に焼きつけている。

ニコライ堂のビザンティン的な薄明のなかで、葬儀の日、私は鷲巣さんの死顔を拝したが、それはすでに鉱物のように浄らかで、流謫する人間の顔ではなくなっていた。

「ああモッタイない」

いまから考えてみると、昭和二十三年（一九四八年）という年は、私にとって意味ふかい年だったと思う。

私がサラリーマン生活をしたのは、あとにもさきにも、昭和二十三年から二十四年にかけての一年間きりだからだ。それだけでも破天荒なことであるのに、その勤め先でたまたま吉行淳之介という人物に出遭ったのだから、ますますもって、昭和二十三年は私にとって、あだやおろそかにはできなくなってくる。一つの転機といってもいいかもしれない。あるいはまた、二十歳の私が一つのイニシエーションを受けたのだと思えばよいかもしれない。ちと大げさかな。

そもそも昭和二十三年とは、いかなる年だったろうか。この文章を読まれる方々のなかには、おそらく、まだ昭和二十三年には生まれていなかったというひとも多いのではないかと思うので、ちょっと私が私なりに説明しておこう。

私が勤務していた雑誌社は築地にあったので、会社の行き帰りなどに私はよく銀座をぶらぶらしたものだが、あるとき、数寄屋橋わきの川に面した小公園で、異様な光景にぶつかって瞠目したことがあった。北村サヨを中心とする踊る宗教の連中で、十数名がいずれも目を閉じ、夢みるような表情でパフォーマンスを演じていた。つまり、こんなのが昭和二十三年である。

もう一つだけ例をあげよう。当時は極端に娯楽が少なかったので、敗戦このかた社交ダンスが猖獗《しょうけつ》をきわめ、さあ、いったい銀座にいくつダンスホールがあったろうか。そのなかの一つ、メリーゴールドというのは、たしか尾張町から築地寄りにあったホールだと思うが、そこのダンサーたちがユニフォームを着て、ビルの谷間の空き地で（銀座に空き地があったのだ！）よく野球をやっているのを私は目撃したものである。つまり、こんなのが昭和二十三年だと思えばよい。

三面記事的にいえば、昭和二十三年は帝銀事件、太宰治の情死事件、上野公園における男娼たちの警視総監殴打事件（唐十郎が芝居にした）、そして昭和電工疑獄事件の年でもあった。

雑誌社は新太陽社という会社で、私が入社したときは「モダン日本」と「アンサーズ」という二種類の娯楽雑誌、それに「文芸首都」という文芸雑誌を出していた。吉行さんは、奥付に名前が出たり出なかったりしていたが、この「アンサーズ」の実質上の編集長であった。「アンサーズ」はのちに「特集読物」と改題する。会社が左前になってくるにつれて、この「特集読物」は次第に講談雑誌風な色調を強め、やがて吉行編集長を「モダン日本」に配置転換し、かわりに真野律太という人物をひっぱってきて、実質上の編集長とする。私は吉行、真野二代の編集長のもとに「特集読物」編集部員として勤務したわけだが、いよいよ会社が左前になってきたので、昭和二十四年にいたって退社した。もはや御存命ではあるまいと思うが、この真野律太というひと、博文館以来の古手の編集者として一部には顔の売れた人物であることを、私はずっと後年になって知った。

「モダン日本」は表紙を東郷青児が描いていたから、よく会社に、精悍な顔をした東郷がふらりとやってきたのを私はおぼえている。なんの用があったのか、一度だけ小林秀雄がきたこともあった。田中英光がきたこともあった。いつも編集部で油を売っていたのは、写真家の林忠彦だった。しかしまあ、こんなことを書いていたら切りがないから、もうやめよう。

私の手もとに、昭和二十三年六月号の「アンサーズ」が一冊だけ残っている。ぺらぺらの仙花紙で、六十四ページの薄っぺらなものだが、表紙は河野鷹思で、なかなか洒落ている。「特集・青春バラエティ」と銘打ってあって、目次をひらくと、丸木砂土、渡辺紳一郎、澁澤秀雄、山口広、松井翠声、徳川夢声、坂西志保、宮田重雄なんかが執筆している。この号の編集後記は、無署名だが、まぎれもなく吉行淳之介のもので、私はこれを次に引用したいという誘惑に抗することができない。吉行さんにとっては迷惑かもしれないが、どっちみち、ふざけた軽い文章なんだから、沽券にかかわるというほどのものでもあるまい。

「恋するも、恋されるもそのキッカケはすべてこれ偶然のたまものでありまして、この偶然といふのはまことに曲物でありますからよくよく御注意なされるがよろしい。といふことを、この青春バラエティ特集の後記において申上げます。

些細な例が、先日ある街で眉目美はしい女性があまりいただけないアンチャンとアベックで歩いてゐまして、私は彼女等を追越すときに思はず「ああモッタイない」といふ言葉を口のなかに洩らしました。ところがその瞬間に洩れきこえた彼女等の会話の声は、「それはモッタイないワ」といふ女の声でありました。じつに、私の言葉と彼女の言葉との発音されたのはまったく同時であつたのです。

これはおどろいた、こんなことはいつたい何日に一回くらゐあることだらう、と計算をはじめまして、第一に、モッタイないといふ言葉を口にするのは、せいぜい一週間に一回、モッタイないやうなアベックを見かけるのは一ケ月に一回、それから……云々云々、と宝クジにでも当つたやうに考へてゐるうちに、とうとう頭が痛くなつてしまつたのでありました。

偶然の、人を悩ますこと、かくのごとし。」

もちろん、これは娯楽雑誌の編集後記だから、御当人もそのつもりでちゃらんぽらんを書いているわけであろうが、ここに、後年の吉行文学の一つの特徴ともいうべき、あの人間関係におけるシニカルなデタッチメントといったような調子を読みとることはできないであろうか。

この文章、もともとは恋愛なんか関係なく、ただ偶然ということを問題にしているにすぎないのだが、なにやら分ったような分らないような人間関係をこれにダブらせて、故意に文旨を曖昧にしているところが私にはおもしろいのである。

これを書いた吉行さんは、そのころ二十四歳の青年だったはずである。それを考えれば「ああモッタイない」には切実なひびきがあるのだが、偶然に発せられた女の声によって、その切実なひびきは、ただちに無効にされ、なにやら滑稽なものと化してしまう。その手つづき、いかにも吉行さんらしいデタッチメントの手つづきが、おもしろいといえば読者には分っていただけるだろうか。

とにかく、うまい文章である。どこがどうということもないが、うまい文章である。

単行本あとがき

マルジナリアとは、書物の欄外の書きこみ、あるいは傍注のことである。エドガー・ポーは本を買うとき、なるべく余白が大きくあけてあるような本を買って、読みながら思いついたことを、そこに書きこむのを楽しみにしていたという。こうして出来たのがポーの「マルジナリア」であった。

私の「マルジナリア」も、いくらかポーのそれに似ていて、必ずしも欄外に書きこんであるというわけではないが、これまでに私が読みあさってきた本のなかから、その題材を得ているものが多い。結果として、読者ノートのようなかたちのものになってしまった。すでに読者も御存じのように、もともと私は極端にリヴレスクな人間なので、こういう種類の本が一冊ぐらいはあってもいいのではないか、と思っている。今までになかったのが不思議なほどである。

「マルジナリア」を中心として、一昨年から今年にかけて新聞雑誌その他に発表した文章を第二部および第三部にならべた。すべてその時その時の求めに応じて書かれたものだから、すこぶる雑然としているのはお許し願うことにしよう。一昨年の夏、ギリシアからイタリア、フランスと気ままに旅をしたが、そのときの思い出の文章も何篇かある。「マルジナリア」にふさわしく、この本は福武書店の小山晃一さんが、上下の余白をたっぷりとった体裁のものにしてくださった。エドガー・ポーが見たら、あるいは食指を動かしたかもしれない。

昭和五十八年十月

澁澤龍彥

P+D BOOKS ラインアップ

おバカさん　遠藤周作　●純なナポレオンの末裔が珍事を巻き起こす

焰の中　吉行淳之介　●青春＝戦時下だった吉行の半自伝的小説

親鸞 1 叡山の巻　丹羽文雄　●浄土真宗の創始者・親鸞。苦難の生涯を描く

天を突く石像　笹沢左保　●汚職と政治が巡る渾身の社会派ミステリー

浮世に言い忘れたこと　三遊亭圓生　●昭和の名人が語る、落語版「花伝書」

居酒屋兆治　山口 瞳　●高倉健主演作原作、居酒屋に集う人間愛憎劇

小説 葛飾北斎（上）　小島政二郎　●北斎の生涯を描いた時代ロマン小説の傑作

小説 葛飾北斎（下）　小島政二郎　●老境に向かう北斎の葛藤を描く

P+D BOOKS ラインアップ

山中鹿之助	松本清張	●松本清張、幻の作品が初単行本化！
秋夜	水上 勉	●闇に押し込めた過去が露わに…凛烈な私小説
鳳仙花	中上健次	●中上健次が故郷紀州に描く〝母の物語〟
魔界水滸伝 1	栗本 薫	●壮大なスケールで描く超伝奇シリーズ第一弾
魔界水滸伝 2	栗本 薫	●〝先住者〟〝古き者たち〟の戦いに挑む人間界
どくとるマンボウ追想記	北 杜夫	●「どくとるマンボウ」が語る昭和初期の東京
剣ケ崎・白い罌粟	立原正秋	●直木賞受賞作含む、立原正秋の代表的短編集
サド復活	澁澤龍彥	●澁澤龍彥、渾身の処女エッセイ集

P+D BOOKS ラインアップ

マルジナリア	澁澤龍彥	●欄外の余白(マルジナリア)鏤刻の小宇宙
少年・牧神の午後	北 杜夫	●北杜夫 珠玉の初期作品カップリング集
宿敵 上巻	遠藤周作	●加藤清正と小西行長 相容れない同士の死闘
親鸞 2 法難の巻(上)	丹羽文雄	●人間として生きるため妻をめとる親鸞
親鸞 3 法難の巻(下)	丹羽文雄	●法然との出会い……そして越後への配流
魔界水滸伝 3	栗本 薫	●葛城山に突如現れた〝古き者たち〟
白と黒の革命	松本清張	●ホメイニ革命直後 緊迫のテヘランを描く
廻廊にて	辻 邦生	●女流画家の生涯を通じ〝魂の内奥〟の旅を描く

（お断り）

本書は１９８７年に福武書店より発刊された文庫を底本としております。
あきらかに間違いと思われるものについては訂正いたしましたが、
基本的には底本にしたがっております。
また、底本にある人種・身分・職業・身体等に関する表現で、現在からみれば、
不当、不適切と思われる箇所がありますが、著者に差別的意図のないこと、
時代背景と作品価値とを鑑み、著者が故人でもあるため、原文のままにしております。

P+D BOOKS

ピー プラス ディー ブックス

P+Dとはペーパーバックとデジタルの略称です。
後世に受け継がれるべき名作でありながら、現在入手困難となっている作品を、
B6判ペーパーバック書籍と電子書籍で、同時かつ同価格にて発売·配信する、
小学館のまったく新しいスタイルのブックレーベルです。

マルジナリア

2015年7月26日　初版第1刷発行
2023年11月7日　第3刷発行

著者　澁澤龍彦
発行人　石川和男
発行所　株式会社　小学館
〒101-8001
東京都千代田区一ツ橋2-3-1
電話　編集　03-3230-9355
販売　03-5281-3555
印刷所　大日本印刷株式会社
製本所　大日本印刷株式会社
装丁　おおうちおさむ（ナノナノグラフィックス）

ISBN978-4-09-352218-2

P+D BOOKS